柑橘ゆずら
Yusura Kankitsu
ill. 青乃下
Shimo Aono
5
史上最強の
魔法剣士、
Fランク冒険者に
転生する
剣聖と魔帝、2つの前世を持った男の英雄譚

CONTENTS

「付与魔法発動。
《耐久性向上》
《破壊力強化》
《衝撃拡散》」

ティア・メイス
ユーリの馴染みの鍛冶屋・白ヒゲ商店の店主・ウーゴの孫娘。
無数の『闇の鉱石』の中にあって、一つだけ、異様な輝きを放っているアイテムがあった。
聖魔の鉱石　等級ＳＳ
（光と闇の力を併せ持った奇跡の鉱石）
おお。これが探していた『聖魔の鉱石』か。
等級ＳＳランクの素材を見るのは、この世界に転生してからは初めてのような気がするぞ。

ズガガッ！
ズガガガガアアアアアアアアアア
アアアアアアアアアアアアアアア
アアアアアアアン！
グランドゴーレムの体にヒビが入り、
全身が粉々に砕け散る。

「うぉおぉおおぉおぉ
おおおおおおおおお！
やったッス！
ついに『聖魔の鉱石』を
手に入れたッスよぉおおおおぉ
おおおおおおおおおお！」
感極まったティアが、俺の胸の中に飛び
込んでくる。
むう。結構なパワーだ。
小柄に見えてティアは、意外とずっしり
とした骨格をしているようだな。
鍛えれば良い戦士になるかもしれない。

アイザワ・ユーリ
最強の実力を秘めながらもFランクに留まり続ける自由な冒険者。

俺は手にした剣に連続して三つの付与魔法を使用する。

付与魔法を重ねて使用する場合、最大でも三つ程度に留めておくべきだとされている。

これ以上の数を増やしても、一つ一つの効果が薄くなったり、前にかけた効果が消えたりという、誤作動を起こすことがあるのだ。

「とりゃ!」

天井に向かって跳躍した俺は、今の自分に出せる全力の攻撃を仕掛けてみることにした。

ダッシュエックス文庫

史上最強の魔法剣士、Fランク冒険者に転生する5

～剣聖と魔帝、2つの前世を持った男の英雄譚～

柑橘ゆすら

プロローグ

火の巫女の呼び出し

To tell the truth, F-rank magic swordsman is the strongest!

ここはどこだろう。

不意に俺の視界に入ったのは、何やら、この世のものとは思えない神秘的な光景であった。

「ユーリ……。アイザワ・ユーリ……」

俺の名前を呼んでいる声がする。

女の声だ。

ここは、炎の中、なのか?

周囲を見渡すとグツグツとマグマが煮えたぎり、ところどころに白煙が立ち上っている。

「良かった……。目を覚ましたんだな」

その時、俺の視界に入ったのは、この世のものとは思えない絶世の美女の姿であった。

うーん。何故だろう。

この女、どこかで見たような気がするんだよな。

思い出せない。

俺の名前を知っているということは、面識があるということなのかもしれないが、どこで出会った人間なのかサッパリ覚えていないようだ。

「オレは今、残された最後の魔力を使って、寝ているお前の脳内に向かって直接話しかけている」

寝ているということは、ここは夢の中ということなのだろうか。

たしかに先程まで俺は、自宅で横になっていたような気がするぞ。

「今直ぐに、火の都《ネットリア》に向かってくれ！　さもなければ世界は破滅を迎えるかもしれねえ！」

それだけ言うと女の姿は、炎の中に溶けるようにして消えていく。

世界の破滅？？？
気のせいかな。
以前にも似たような展開があったような。
詳しい説明を聞こうとも肝心《かんじん》の女は、完全に姿をくらましてしまったようである。
うぐっ……。
な、なんだ。急に息が苦しくなってきた。
炎の中といっても、ここは夢の中なんだよな？
どうして呼吸ができなくなってしまったのだろう。

ガバッ！

目が覚めた時、俺にとっての些細《ささい》な謎は解けることになる。

「バウッ！」

何やら獣の匂《にお》いがするな。
どうやらコボルトたちが、俺の近くで眠っていたようである。

コイツらは以前に《竜の谷《ドラゴンバレー》》で出会って以来、一時的に同居している仲間たちだ。

「……お前たちの仕業《しわざ》だったのか」

「バウッ！　バウッ！」

コボルトの一匹が俺の顔にしがみついている。

道理で、夢の途中でも、息苦しくなったはずである。

んん？

夢か。そう言えば俺は、先程まで夢を見ていたんだよな。

なんだか誰かに大切な話をされたような気がするのだが、詳しい内容までは思い出すことができないぞ……。

まあ、所詮《しょせん》は夢の中の話だからな。

あまり気にする必要はないかもしれない。

1話　行列のできる人気店

To tell the truth, F-rank magic swordsman is the strongest!

でだ。
家の中で軽く食事をとった後、俺はさっそく本日の冒険に出ることにした。
「おい。押すなよ！　オレの方が先に並んでいたんだぞ！」
「何を言っているんだ！　こういうのは早い者勝ちだろうが！」

んん？　あれはなんだろう？
街の中心部で、何やら騒ぎが起きているようだった。

【武器屋　格安商店】

冒険者風の男たちが並んでいたのは、何やら真新しい看板を掲《かか》げた店であった。

「皆さま！　お待たせしました！」

コリー・ドルマン
種族　ドワーフ
性別　男
年齢　33

店の扉を開いて出てきたのは、メガネをかけたドワーフであった。
んん？　ドワーフという割には、やけにスリムな体型をしているのだな。
個人的にドワーフというと、ズングリムックリとしたイメージが強いのだが、このコリーとかいう男は、身長１７０センチくらいで、細見の外見をしているようであった。

「さあ！　格安商店、本日もオープンです！」

コリーが鍋《なべ》の蓋《ふた》のような鐘をゴンッと叩くと、列に並んでいた冒険者たちが一斉に走り始める。

「「「うおおお！」」」

ぬおっ。なんだ、この異様な熱気は!?

我先にと駆け出した冒険者たちが向かった先は、店頭のワゴンに積まれた商品の前であった。

「とうっ！」

フィル・アーネット
種族　ヒューマ
性別　女
年齢　15

激しい地上戦を繰り広げた結果、団子状態の冒険者の中にあって、華麗《かれい》に空中戦を仕掛けた少女がいた。

フィルだ。一体、コイツは何をやっているのだろうか？

「ふふ～ん。セール品は、全て、私のモノですよ！」

ヒラヒラとスカートをなびかせてフィルは、持ち前の跳躍力を活《い》かして大ジャンプを繰り出した。

いつになく、機敏な身のこなしだ。

「安い！　これも！　これも！　大満足です！」

地上にいる冒険者たちを飛び越えたフィルは、ワゴンの品をかっさらっていったようだ。

普段の戦いでも、これくらい素早く動ければ、上位のクエストを受けられそうな気がするのだけどな。

身のこなしの軽やかさという点に関していうと、俺が見てきた冒険者の中でもフィルは間違いなく上位に入りそうである。

「何をやっているんだ？」

「ふぁっ！　ユーリさん！」

凄《すさ》まじいスピードでカゴの中に商品を詰め込みながら、フィルは元気に返事をした。

なんというか、器用なやつだな。

低ランクのクエストをメインに請け負うフィルにとって、セールは生命線なのかもしれない。

「何って、見ての通り買い物ですよ！　この店、とっても安くてオススメなんですよ！」

「……そんなに安いのか？」

「はい。私の計算が正しければ、この商品なんかは、完全に原価割れをしていますね」

「原価割れ？」

「仕入れ値よりも安く売っている、ということです。つまり店側にとっては、売れば売るほど赤字になる商品というわけですね」

何やら凄《すご》い話になってきたぞ。

売っても赤字になるような商品を置いてしまって、本当に店の経営が成り立つのだろうか。

「何故、そこまで安くできるんだ？」

「さぁ。私も詳しいことは分かりませんよ。オープニングのプロモーションの一環ということじゃないでしょうか」

まあ、たしかに、これだけ人が並んでいれば、興味がなくても気になって立ち寄る人間も出てくるかもしれないな。

宣伝の手段として考えた場合、費用対効果は高いのかもしれない。

「今、この『格安商店』は、冒険者たちから熱い注目を浴びているんです！　何より『安い』ですからね！　安いものは素晴らしいです！」

なるほど。

たしかに周囲の冒険者たちの反応を見れば、この店の安売りが凄まじいレベルに達していることは分かるな。

それだけの熱量があれば、本業であるクエストに向けた方が、結果的に儲《もう》かるような気がするのだが……。

ここについては言及しないでおくとしよう。

純粋に買物が好きという人間も、世の中には多いのである。

「ユーリさんも何か買っていきましょうよ！　あ！　今なら特別限定のセール価格で、剣のメンテナンスもしてくれるらしいですよ！」

「…………」

ささささて。どうしたものか。

たしかに『安売り』に心惹《ひ》かれないわけではないのだが、『安いものには何かしらの理由がある』はずなのだ。

「いや。遠慮《えんりょ》しておくよ。生憎《あいにく》と俺には行きつけの鍛冶屋《かじや》があるんだ」

フィルには悪いが、この店はどことなく、信用できないような雰囲気《ふんいき》を感じる。

大切な剣を預けるのであれば、やはり勝手の知っている人物に任せておきたい気持ちがある。

ふうむ。

そう言えば暫《しばら》くウーゴの店に顔を出していなかったな。

以前からウーゴには、定期的に剣のメンテナンスをするべきだとアドバイスを受けていたのだ。

久しぶりに行ってみることにしようかな。

〜〜〜〜〜〜〜〜〜〜〜〜〜〜〜

でだ。

俺が向かったのは、クエストとは関係のない街の外れの山の麓《ふもと》であった。

【武器屋　白ヒゲ商店】

麓にまで足を伸ばすと、そんな看板を掲《かか》げた店を発見する。

ここは俺が何度か足を運んだことのある武器屋である。

バスターソード　等級B

(高純度の鉄鉱石で作られた頑丈で大きな剣)

何を隠そう、今現在、俺が愛用しているバスターソードは、この店で作ってもらった品なのだ。

暫く訪れていなかったが、店長のウーゴは元気にしているだろうか。

んん？　店の中の様子が何かおかしいな。

なんだかいやに散らかっているような気がするぞ。

「うい～。ひっく。やっていられるかぁ～！　こんな仕事ぉ～！」

ウーゴ・マントル
種族　ドワーフ
性別　男
年齢　53

ウーゴがいたぞ。かなり荒れているようだ。

どういうわけかウーゴの周囲には、空《から》になった酒瓶《さかびん》が散乱しているようであった。

「じいちゃんのバカ！　いつまで飲んだくれているんスか！」

バリンッと酒瓶の割れる音が、部屋に響く。

ティア・メイス
性別　女
種族　ドワーフ
年齢　13

何事かと思って視線を移す。

そこにいたのは、身長150センチくらいの少女であった。

どうやら怒ってウーゴに酒瓶を投げつけていたらしい。

「うるせえ！　いつまで経っても、ロクに刀の打ち方を覚えられない半人前の分際で！　オレに指図しようっていうのか！」

「なんスか！　その言い方は！　じいちゃんなんて、もう知らないんだから！」

むう。何やら、取り込み中の場面に遭遇《そうぐう》してしまったようだな。

おそらく、この、ティアという少女は『白ヒゲ商店』のスタッフなのだろう。


バタンッ！

もの凄い力で扉を閉じたドワーフの少女は、そのまま店を後にする。

少女が立ち去った後の店の中には、重苦しい雰囲気だけが取り残されていた。

「なんだ。兄ちゃんか。ひっく。格好悪いところを見られちまったなぁ……」

俺の姿を確認したウーゴは、自虐《じぎゃく》的な笑みを零《こぼ》していた。

うーん。なんというか、悲壮《ひそう》感が漂っている感じだな。

昼間から酒を飲んで酔っ払うのは、あまり褒《ほ》められた行動ではないだろう。

「どうした？　何があったんだ？」

「クソッ……。どうしたもこうしたもあるかよ！」

それから。

ウーゴは、ここ最近あった店の事情を事細かく説明してくれた。

「新しくできた《格安商店》のせいで、ウチは完全に商売上がったりさ！」

曰《いわ》く。ウーゴの店は、リディアルの中心部に新しく作られた《格安商店》に客を奪われて困《こん》窮《きゅう》しているらしい。

元々、ウーゴの店は立地的に不便な場所にあって、経営はギリギリだったのだが、強力なライバル店がオープンしたことによって店の経営状況は火の車なのだそうだ。

「その《格安商店》ってのは、そんなに凄い店なのか？」

「……品質はそれなり。俺から言わせれば、中の下っていうところだ」

言葉の節々に怨嗟《えんさ》の籠《こ》もった声音《こわね》でウーゴは続ける。

「だが、価格設定がズバ抜けて安い。おそらく赤字額でいえば、連中の店の方が、ずっと酷《ひど》いはずさ。どうしてアレだけの安売りを仕掛けて、店を続けられているのか……。オレには理解できねえよ」

「なるほど」

たしかに客たちの熱気を見れば、いかに店の価格設定が格安だったのかが推測できる。

フィルの言う通り、店の宣伝を兼ねて、安く価格を設定している、ということなのだろうか？

俺の元いた日本という世界でも、聞いたことのある手法ではあるが……。
それにしても少し行き過ぎているようにも感じるな。
異変が起こったのは、俺がそんなことを考えていた直後のことであった。

「クソじじい！　今日も取り立てに来てやったぜ！」
「オラァ！　そこにいるのは分かっているんだぞ！」

威勢の良い男たちの声が店に響く。

「ウーゴ。あの男たちは？」
「……質《たち》の悪い借金取りだ。このところ連中、毎日のように店に来て、仕事の邪魔をしやがるんだ」

ふうむ。
新しい人気店ができたくらいで、ここまで急激にウーゴの店の客入りが減るだろうか？　という部分に関して疑問だったのだが、これで理由がハッキリしたな。

ガラの悪い男たちだ。

こういう人間が店に寄り付くようになったら、常連客が離れていくのも無理はないのかもしれない。


「うるせえ！　カネにならねえって言っているだろうが！」

「ハンッ……。相変わらず元気の良いジジイだ……。カネがねえなら代わりに出すもの出してもらおうか？」

「お前に年頃の孫娘がいるのは分かっているんだ！」


おいおい。

なんだか穏やかではない話になってきたな。

孫娘というと、先程ウーゴに酒瓶を投げつけていた少女のことだろう。

借金の担保として家族を差し出すとは、俺の元いた日本では考えられない話である。


「そこまでだ」

流石《さすが》に助け船を出してやらないとまずいことになることになるかもしれない。

そう考えた俺は、覚悟を決めて、仲裁《ちゅうさい》に入ることにした。

「ああん？　なんだテメェ？」

「オレたちに何か文句があるっていうのか？」

文句ならある。

初めて剣を打ってもらった時から、この店には何かと恩があるからな。

だが、ここで俺が暴力を使って、問題を解決するのは違うような気がする。

今回の件に関しては、借金を作ってしまったウーゴの方にも非があるのだ。


「まあまあ。ここは俺に免じて、矛《ほこ》を納めてくれないか」

「はぁ？　お前、何を言っているんだ？」

「ふざけるなよ！　舐《な》めるのも大概《たいがい》にしておけや！」

「そうか。なら俺も手段を選んでいられないかもな」

「「…………！」」

悩んだ挙句《あげく》に俺は、プレッシャーを与えることで、問題の解決を図ってみることにした。

「グハッ……。息が……苦しい……！」

「な、なんだよ……。この圧は……。意味が分からねえぞ……」

俺からの殺気を受けたガラの悪い男たちは、地面に両膝をつけたまま身悶《みもだ》えしている。

「チクショウ！　覚えてやがれ！」

「絶対にまた取り立てに来てやるからな！」

今のやり取りで、実力差を悟ったのだろう。

俺から殺気を受けたガラの悪い男たちは、尻尾《しっぽ》をまくようにして、ウーゴの店を後にした。

「すまねぇ。兄ちゃん。アンタには助けられちまったな」

「いや。問題ないぞ。ウーゴにはいつも助けられている。今度は俺が助ける番だと思ってな」

とはいえ、課題は山積みである。

テイよく借金取りを追い返したまではいいものの、所詮《しょせん》は、問題を先送りにしたに過ぎない。
どうすればウーゴの店を立て直すことができるのか？
これから色々と考えていかないといけないな。

～～～～～～～～～～～～～～～～

でだ。ウーゴの店の窮地を知った俺は、街の繁華街《はんかがい》にまで足を延ばしてみることにした。

【冒険者酒場　セルバンテス】

ここはリデイアルの街の中心部から少し歩いたところに建てられた酒場である。
カラカラという鈴の音を立てて扉を開く。

「おう。いらっしゃい」

パンチョ・パンサ
種族　ライカン

性別　男
年齢　32
カウンターの先には馴染《なじ》みのあるオーナーの顔があった。

「なんだ。兄ちゃんかい」

このオッサン、パンチョは、俺にとって転生してから初めてできた知り合いである。

元々は俺と同じ冒険者の仕事をしていたのだが、コカトリスに襲われて命の危機に瀕《ひん》してから は心境が一変。

今は『冒険者酒場セルバンテス』の雇われオーナーとして、地に足の着いた生活を送っているらしい。黒色のタキシードスーツに身を包んだパンチョは、すっかり酒場のオーナーとしての雰囲気《ふんいき》を身に纏《まと》っていた。

「なるほど。ウーゴのオッサン、今、そんなことになっているのか……」

料理が運ばれてくるまでの間。

俺は今日あった出来事をパンチョに相談してみることにした。

冒険者たちの集まる酒場を切り盛りしているパンチョは、この街の情報に関して、誰よりも精通している人物だ。

「オレも噂《うわさ》に聞いたことがある。『格安商店』っていう店は、資金力にものを言わせたあくどい商売で有名だぜ。まず徹底した『安売り』で近所のライバル店を潰した後、値上げする戦略を取っているんだ」

いつになく神妙な面持《おもも》ちで、パンチョは続ける。

「更に悪いことに職を失ったドワーフ職人たちを奴隷《どれい》のような安賃金で雇用して、別の街に系列店を展開。不当に利益を上げているって話だぜ」

「……なるほど。そういう裏があったのか」

思っていた以上に、アコギな商売をしているようだな。

非常識な安売りには、やはり、相応の理由が隠されていたようである。

俺が『格安商店』に抱いていた『悪い印象』は、見事に的中していたようだ。

「どうにかしてウーゴの店の手助けをしてやりたいのだが……。方法はないのか？」

何を隠そうパンチョは、俺にウーゴの店を教えてくれた張本人《ちょうほんにん》だからな。

ウーゴの店を盛り返す方法に関しても、何かしら知っているかもしれない。

「一つだけ、方法があるぜ」

グラスの中に飲み物を注ぎながら、パンチョは言った。

「リデイアル鍛冶《かじ》コンテスト、通称『カジコン』で優勝すれば、なんとかなるんじゃねーか？」

「………………？」

それからパンチョは、『カジコン』なるものの詳細を話してくれた。

どうやら『カジコン』は、リデイアルの街の中で開かれる、鍛冶師たちの祭典らしい。

鍛冶師たちは四年に一度、自分の作った『最高の刀』を持ち寄って、その技術を競うのだとか。

「なるほど。優勝すれば、店の宣伝になるというわけか」

「ああ。ついでに言うと、優勝すれば、それなりに賞金も出るからな。ソイツで借金を返せば、一石二鳥っていうわけだ」

たしかに現状、これ以上ないくらいに好都合なアイデアのように思う。

「だが、問題は、どうやって上質な剣を作るかだな？　その様子だと、ウーゴのオッサンは頼れそうにないだろ？」

「…………」

たしかに今のウーゴに協力をお願いするのは難しいかもしれない。

酒に溺《おぼ》れて、完全に気力が失せているようだったからな。

材料は俺が集めるにしても、鍛冶に対して知識を持った人間の協力が、必要不可欠になりそうだ。

「何かアテがあるのか？」

「ああ。一人だけいるかもしれない」


その人物の刀鍛冶としての力量は、俺にとって未知数である。

たしか、ウーゴには『半人前』と揶揄《やゆ》されていたはずだ。

だが、優秀な刀鍛冶の血を引いていることだけは、間違いないだろう。

とにかく今は考えられる解決策を、すべて探ってみるしか方法はなさそうである。


〜〜〜〜〜〜〜〜〜〜〜〜〜〜


それから。

俺は『とある人物』を探すために、リデイアルの街を探索してみることにした。

「なあ。これくらいの身長の、ポニーテールのドワーフの娘を知らないか?」

「さあ。分からないねぇ。もっと詳しい特徴を教えてくれるかい?」

「ああ。こういう感じの人物なのだが」

詳細を求められたので、俺は事前に用意してあった似顔絵を見せてみる。

「……兄ちゃん。悪いことは言わないから、もう人捜しは諦めた方が良いぜ」

「？　どうしてだ？」

「オメェの絵が下手《へた》くそすぎるからだよ！　なんだ！　その似顔絵は！　人のことをバカにしているのか!?　オレはてっきり新種のモンスターかと思ったぜ！」

「………………」

むう。悪かったな。絵心がない人間で。

どうやら俺が才能を発揮できる分野は『剣術』と『魔術』に関連することに限られているらしい。

「そんなに下手だったか……？　俺の絵……？」

釈然としない気分だ。

自分的には、なかなか上手《うま》く描けたつもりだったのだけれどな。

まあ、芸術というのは、得てして大衆には理解されないもの、と聞いたことがある。

必要以上に気にすることはないだろう。

～～～～～～～～～～～～～～～～

それから。
暫《しばら》く調査を続けてみたものの、結局、聞き込みでは目ぼしい情報を入手することはできなかった。
むう。流石《さすが》になんの前情報もなしに人を捜すのは無理があっただろうか。
もう暫く頑張ってみて、無理そうなら別の方法を考えた方が良さそうだ。

「嫌ッス！　離して下さい！」

騒ぎに気付いたのは、俺がそんなことを考えていた直後のことであった。

「へへっ。良いじゃねぇか。オジサンたちが嬢ちゃんにピッタリの仕事を紹介してやるからさ」
「若い女の子なら誰でも高収入！　とっておきの、非公開求人を紹介してやるぜ！」

ふうむ。どこかで聞いたような声がするな。

弾けるように瑞々《みずみず》しい活発な印象の少女の声だ。

「そんなこと言ったって……。ボクの取り柄といったら、手先が器用なことくらいしかないですよ～！」

ティア・メイス
種族　ドワーフ
性別　女
年齢　13

おお……。あそこにいるのは、まさに、俺が捜していた人物ではないか。

こんなにも早く見つけられるとはラッキーだったな。

「へへっ。ソイツで構わないぜ。嬢ちゃんみたいに手先の器用な娘を探していたんだ」

「ちょっとエッチなことをするだけで、ガッポリ稼《かせ》げる良い仕事があるんだよな」

むう。なんというか、怪しげな現場に遭遇《そうぐう》してしまったようだ。

ドワーフの少女、ティアを取り囲んでいるのは、先程ウーゴの店で見かけた借金取りたちであった。


「エ、エッチなことって……。ムリムリムリ！　ダメに決まっています！」

「うるせぇ！　大人しく言うことを聞きやがれ！」

借金取りたちは、嫌がるティアを無理やり裏路地に連れ込もうとしていた。


「そこまでだ」

事情はよく分からないが、嫌がる少女に乱暴を働くのを見過ごすことはできない。

ここは流石に止めに入った方が良さそうだな。

「ゲェ！　お前は、あの時の！」

「チッ……。どこまでも面倒な野郎だぜ！」

どうやら向こうも俺の顔を覚えていたようだな。

この二人が相手であれば、前みたいに殺気だけで追い払うことができそうだ。

「やっちまってください！　アニキ！」

ブブハラ・ウェルダン
性別　男
種族　ヒューマ
年齢　35

男が声を上げた次の瞬間、不穏な敵が近づいてくるのが分かった。

いやにでかいな。この男。

豚の覆面を被《かぶ》ったブブハラという男は、身長１９０センチを超える大男だった。

「聞いて驚け！　この方は裏の世界の伝説の借金取りよ！」

「お前のようなモヤシ、ブブハラさんが捻《ひね》り潰してやるぜ！」

なるほど。

前回の失敗を糧《かて》にして、今日は用心棒を引き連れていたというわけか。

相手の実力は分からないが、相当に体格の差はありそうだ。


「フゴ！　フゴオオオオオオ！」


ヤル気は十分という感じだな。

これだけ強気になっている相手を、殺気だけで追い払うのは難しいかもしれない。

「ブシャアア！」

ブブハラの攻撃。

ブブハラは体格差を活《い》かした体重の乗ったパンチを繰り出してくる。

「せいっ！」

俺の元いた日本という国では『柔《じゅう》よく剛《ごう》を制《せい》す』という言葉があった。

柔軟性を備えていれば、そのしなやかさによって、敵のパワーを利用することができるのである。

「「なっ……！」」

周囲の目からしたら不思議に思ったのだろう。

俺はタイミング良く敵の攻撃をいなすことで、倍以上の体重がある人間を投げ飛ばすことに成功する。

「ふごぉ……！」

ふうむ。

俺としては今の一撃で諦めてくれると好都合だったのだが、流石にそう上手《うま》くはいかないようだな。

素早く体勢を立て直したブブハラは、背負っていた巨大な斧《おの》を抜いて反撃を開始する。

仕方がない。

できるだけ一般人を傷つけたくはなかったのだが、贅沢《ぜいたく》をいっていられる余裕はないようだな。

「フガアア！」

ブブハラの攻撃。

手にした斧を振り翳《かざ》したブブハラは、俺に向かって力を込めた一撃を放ってくる。

「やったぜ！　ペシャンコだ！」

「流石はブブハラさんだ！　普通の人間とはパワーが違うぜ！」

果たしてそれはどうだろうな。

たしかにパワーだけでいうと、この男は上位ランクの冒険者レベルの実力があるのかもしれない。

だが、俺は旅の途中に、この男よりも遥《はる》かに実力のある冒険者たちに出会ってきたのだ。

「そ、そんな……。ボクを助けようとしたせいで……。こんなことになるなんて……」

おそらく、土埃《つちぼこり》が舞っていたので、戦闘の様子がよく分からないでいたのだろう。

俺たちの戦闘を目《ま》の当たりにしたティアは、弱音を零《こぼ》しているようだった。

「やりたいことはそれだけか？」

「フゴッ!?」

さて。今までの戦闘で、敵の実力は大体理解できた。

仮にブブハラの強さを等級で表すのであれば、Cランク、といったところだな。

弱いとまではいえないが、今の俺にとっては取るに足らないレベルだろう。

俺は隙《すき》だらけの敵の胴体に向かって、必殺の剣撃を与えてやることにした。

「安心しろ。峰打《みねう》ちだ」

一応、手は抜いたつもりであるが、借金取りのオッサンを相手には、少しオーバーパワーだったかもしれない。

「ウゴオオオオオオオオオオ⁉」

俺の攻撃を受けたブブハラは、近くにあった店の壁に激突。
脱力をした後、そのまま白目を剝《む》いて、気絶しているようだった。

「「ひぃ⁉」」

頼みの綱《つな》の用心棒を失った借金取りは、戦々恐々としているようであった。
良かった。
どうやら、無事にティアの安全は確保できたみたいだな。
俺の戦闘を目撃したティアは、ポカンと口を開いて唖然《あぜん》としているようだった。

「捜していました！」

んん？　これは一体どういうことだろう？
暫《しばら》くすると、ティアはキラキラと目を輝かせて俺の傍に近寄ってくる。

「ずっと捜していました！　貴方《あなた》のような強い人！」


んん？　何やら意外な展開である。

捜していたのは、俺の方だと思っていたのだが、どうやらティアも似たようなことを考えていたようである。

疑問に思った俺は、ひとまずティアから詳しい事情を聞いてみることにした。

2話 協力者

To tell the truth, Frank maga swordsman is the strongest!

それから。

ティアと合流をした俺は、近場にある酒場で詳しい事情を聞いてみることにした。

「頼みというのは、他でもありません！　ボクと一緒に『東の鉱山』に行って、鉱石集めを手伝って欲しいんスよ！」

飲み物の到着を待たず、テーブル席に着いて間もなくして本題を切り出してくれた。

「……どういうことだ？」

「東の鉱山には、市場には流通しないような、希少な鉱石が落ちていることがあるんスよ！」

意思の強い眼差《まなざ》しを向けながらティアは続ける。

「店を立て直すためには『鍛冶《かじ》コンテスト』で優勝するしかありません。そのためには強い鉱石が必要なんス！」


なるほど。

どうやら俺がパンチョから聞いたような店の再建プランを、既にティアも考えていたようだな。

ふうむ。たしかに『鍛冶コンテスト』で優勝するためには、優秀な刀鍛冶だけがいれば良いというわけではない。

武器の素材となる強力な鉱石が必要となるわけか。

東のエリアというと、転生して間もない頃に俺が、コカトリスやゴブリンロードといった強力な魔物に出会った場所だったな。

素材となる貴重な鉱石を集めるには、おあつらえ向きというわけだ。


「……ジイちゃんを説得したけど危険だからやめておけ、と言われてしまいました。でも、コレ以外に店を救う方法はないと思うんスよ！」

なるほど。

店の中でウーゴとティアが口論していたのには、そういう事情があったからなんだな。

「分かった。そういうことなら力を貸すぞ」

俺が返事をすると、モゾモゾと服のポケットが動くのが分かった。

「キュッ！」

ポケットの中からヒョッコリと顔を出したのは、長く連れ添った相棒であった。

どうやらライムも俺の意見に賛成のようである。

「嬉しいです！　えーっと、その子は？」

「コイツの名前はライム。色々と事情があって、俺と一緒に冒険しているんだ」

「キュキュ！」

心なしかキメ顔の状態で、ライムは声を上げる。

「凄《すご》いッス！　ユーリさんは希少なテイマーの方だったんスね！」

「ああ……。うーんと。まあ、そんなところかな」

その辺の詳しい事情の説明は、後回しにしておこう。

正確に言うと、俺の本職はテイマーというわけではないのだが、事情を理解してもらうには時間がかかりそうだ。

「ふふふ。やはり自分の目に狂いはなかったです。ユーリさんは、きっと高ランクの有名冒険者に違いないッス！」

俺の聞こえないような小さい声で呟《つぶや》いたティアは、グッと拳に力を込めて何かに手応えを感じている様子だった。

「ん？　何か言ったか？」

「いえいえ！　なんでもないッス！　それでは、明日、冒険者ギルドの前に集合ということで良いでしょうか？」

「ああ。問題ないぞ」

「キュッ！」

ライムも合意のようである。

気のせいかな。

ティアのやつ、何か、とんでもない勘違いをしていたような気がするのだが……。

まあ、俺としては、目的達成のための下準備を整えることができたんだ。

そのことに関しては、特に触れないでおくことにしよう。


〜〜〜〜〜〜〜〜〜〜〜〜〜〜〜〜


一方、その頃。

ここはユーリたちのリデイアルから、北の方角に遥《はる》か離れた火の都《ネットリア》の近くにある《ビュッセル鉱山》というエリアである。

元々は、豊富な鉱石が採取されるため、労働者たちで賑《にぎ》わっていたエリアだったのだが、現在は一転して、巨大な闇によって閉ざされていた。

「さあ。フレア。知っていることを洗いざらい吐いてもらいましょうか！」

鉱山の中には現在、一組の男女が存在していた。

美しい赤色の髪の毛を持った女の名前は、フレアという。

何を隠そう、ユーリの夢の中に入り、火の都《ネットリア》に来るように指示をした人物であった。

「……さあ。なんのことだ？」

「惚《とぼ》けても無駄です！　貴方《あなた》が魔法を使って、何者かに連絡を取っていることは分かっているのですよ！」

フレアに対して詰め寄っている男の名前はサリエルという。

古くより闇の組織《ナンバーズ》に所属して、中心メンバーの一人として暗躍していた闇の魔族であった。

組織がサリエルに与えたナンバーは【04】だ。

数字の若さが戦闘能力を示すナンバーズにおいて、最高峰《さいこうほう》の栄誉を与えられた魔族であった。

「アイザワ・ユーリ」

「…………!?」

「ふふふ。このワタシに隠し事が通じるとでも思っているのですか？　貴方たち精霊族の考えていることなどワタシにはお見通しなのですよ」

サリエルの脳裏《のうり》に焼き付いて離れないのは、先日の水の都《ルミナリア》遠征時にユーリに邪魔された時の苦い記憶である。

組織に所属している以上、連続して任務に失敗するわけにはいかない。

だからこそサリエルは、今回の遠征前に周到な準備を進めていたのだった。

「残念でした！　アイザワはここには来ませんよ！　ワタシの使い魔が監視していますからねえ！　奴が拠点から移動を開始していないのは、既に確認済みなのです！」

暫《しばら》く監視を続けていたが、ユーリがリデイアルの街から移動する気配は微塵《みじん》もない。

どうやらフレアのお告げは、失敗に終わったらしい。

「ふっ……。お前は何も分かっちゃいないよ。運命は必ずオレたちに人類に味方する。必ずな」

不可解な状況であった。
絶体絶命の状況に追いつめられたにもかかわらず、フレアはまったく余裕な態度を崩そうとしない。
あくまで強気を貫くフレアの態度は、サリエルの神経を逆撫《さかな》でするものであった。

「うるさい口ですね。少し、塞《ふさ》いでおくことにしましょうか」

サリエルがパチリと指を鳴らした、その直後。
どこからともなく伸びてきた闇の魔力を帯びた触手が、フレアの体に触れる。

「――――ッ!?」

闇の魔力を全身に受けたフレアは、悶絶《もんぜつ》の表情を浮かべる。
サリエルの作る闇の魔力は特別製だ。
現存する五属性の魔力のどれにも当てはまらない特性を持ち、触れるだけで全ての生物を衰弱させる効果がある。

「クッ……。なんの……これしき……！」

己の魔力を全身に纏《まと》わせたフレアは、間一髪《かんいっぱつ》のところで闇の魔力を撥《は》ね除《の》けることに成功する。この世界に存在する種族の中でも最も希少な『精霊族』であるフレアは、魔族すらも凌《しの》ぐ膨大《ぼうだい》な魔力を保有していたのだ。

「ふふふ。流石《さすが》は火の巫女《みこ》、といったところでしょうか。ワタシの魔力に抗《あらが》うとはたいしたものです」

予想外の反撃を受けたにもかかわらず、サリエルは怪しげな笑みを浮かべていた。

「ですが、いつまで、その我慢が続くのでしょうかねぇ。闇の誘惑から逃れることは、たとえ、精霊であっても不可能ですよ」

サリエルの目的は闇の魔力によって、フレアを闇の魔力によって堕落《だらく》させて、この世界を支配することにあった。

火の巫女フレアにはそれだけの価値が存在していたのである。

（クッ……。助けてくれ……。ユーリ……。そろそろオレも……限界かもしれねぇ……）

濃密な闇の魔力が漂う空間の中で、フレアは独り、心の中で弱音を零《こぼ》すのであった。

3話　東の鉱山に行こう

To tell the truth, Frank magic swordsman is the strongest!

それから翌日のこと。

今日はティアと一緒に『東の鉱山』に行く約束をしていた日である。

「ユーリさん！　今日は一日、よろしくお願いするッス！」

待ち合わせの場所である冒険者ギルドの噴水前に到着すると、少し緊張した面持《おももち》ちのティアがそこにいた。

「すまない。待たせてしまったか？」

「いえいえ！　大丈夫ですよ！　ボクも今、来たところですから！　予想以上に準備に時間がかかってしまいました！」

なるほど。

動きやすい格好に着替えたティアは、いかにも準備万端という感じであった。

背中に大きなハンマーを背負っているところを見ると、本人も戦う覚悟を決めてきているのだろう。

「ところで思ったのだが、ティアってドワーフの割に身長が高くないか？」

良い機会なので、前々から疑問に思っていたことを尋ねてみる。

ウーゴの身長は１４０センチくらいだと思ったのだが、ティアの身長は10センチくらい高そうだ。

13歳という年齢のことを考えると、二人の間には、相当な身長差があるような気がする。

「そうですか？　ボクはドワーフといってもハーフドワーフですからね。これくらいは別に普通だと思うッス」

「ハーフドワーフ？」

何やら聞きなれない単語が出てきた。

「母ちゃんがドワーフで、父ちゃんがヒューマなんです。最近では、むしろ、じいちゃんみたいな純ドワーフは珍しいんスよ」

「……なるほど。そういうことだったのか」

ドワーフといっても人間の血が混ざっているのであれば、それなりに身長が高いことにも納得がいく。

そう言えば『格安商店』の店主も、ドワーフとは思えないくらいスラッとした外見をしていたな。

今にして思えば、あの男もティアと同じハーフドワーフだったのかもしれない。


〜〜〜〜〜〜〜〜〜〜〜〜〜〜〜〜


でだ。

そんな感じに雑談を交えながら、移動を続けていくと、目的地である『東の鉱山』らしきエリアが見えてくる。

「ここか」

以前にクエストで『北の鉱山』を訪れたことがあったのだが、前に訪れた鉱山とは明らかに雰囲気《ふんいき》が違っていた。

道のりからして既に険しい。

こちらを襲ってはこなかったが、道中に姿を見かけた魔物たちのランクも、数段レベルが上がっているようである。

「気を付けて下さい！　東の鉱山は、ユーリさんのような上級冒険者しか入れない危険度の高いエリアですから！」

「…………？」

ん。何やら不穏な言葉が出てきたぞ。

前から気になっていたのだが、やはりそうか。

どうやらティアは、何か致命的な勘違いをしているみたいである。

「なあ。もしかしてティアは、俺が上級ランクの冒険者だと思っているのか？」

「はい！　ボクたちドワーフは『目利《めき》き』には自信があるんです！　昨日、見せて頂いた卓越した戦闘技能！　ズバリ、Aランク冒険者の方とお見受けしました！」

大きく胸を張って、得意げな様子でティアは言った。
おいおい。そんな期待の眼差《まなざ》しで見られても胸が苦しい気分である。

「……悪いが、俺はFランク冒険者だぞ？」
「はい……？　流石に冗談ですよね……？」

こういうのは口で説明するよりも、実際に見せてやった方が早いだろう。
そう考えた俺は、ティアに対して、冒険者ライセンスを提示してやることにした。

「…………ッ!?」

んん？　これは一体どういうことだろうか？
大きくFランクと書かれたライセンスを目《ま》の当たりにしたティアは、顔色を蒼白にしているようであった。

「あの……。すいません。ボク、急にお腹が痛くなってきました……」

体調不良を訴えている割には体の状態は健康そうだ。
おそらく彼女は冗談を言っているだけだろう。

「何を言っているんだ。早く行こう。時間がないんだぞ」
「はわわわ……」

ティアを引き連れて『東の鉱山』に足を踏み入れる。
鉱山の中はというと人気《ひとけ》がなく、閑散《かんさん》とした様子であった。
前に訪れた『北の鉱山』とは凄《すご》い違いだな。
長い間、人の手が入っていないからだろう。
天井は今にも崩れ落ちそうで、至る所に危険が潜んでいるような雰囲気だった。

ストーンゴーレム　等級C

おっと。そうこうしている間に敵が現れたようである。

ふうむ。

コイツが『東の鉱山』に出現するモンスターか。

思っていたよりも迫力があるんだな。

見るからに屈強そうな外見をした『ストーンゴーレム』は、以前に戦った『ゴーレム』を一回り大きくしたような外見をしていた。

体長三メートルほどの岩石の体を持ったストーンゴーレムは、俺たちの行く手を阻《はば》むかのように仁王立《におうだ》ちをしていた。

「Ｆランクのユーリさんは頼れない……。こうなったらボクがやるしかないッス！」

最初に動いたのはティアであった。

背負っていたハンマーを手に取ったティアは、戦闘の準備に入ったようだ。

「大丈夫……。ボクなら倒せる……。この『爆裂ハンマー』さえあれば！」

むう。果たして本当に大丈夫なのだろうか。

ストーンゴーレムのランクはCランク。

熟練の冒険者であっても、簡単には倒すことができないだろう討伐《とうばつ》難易度だ。

見たところティアは、それほど戦闘の経験を積んでいないようである。

もしも危険だと感じた場合、すぐさま助け船を出してやる必要がありそうだ。


「てりゃああ！」


これは酷《ひど》いな。

筋力不足で大きなハンマーを扱ったせいか、下半身の安定感がないのが丸分かりである。

たしかに、だ。

ゴーレム系のモンスターは打撃系の攻撃に弱いという特性はあるのだが、Cランクのモンスターを倒せるほどのパワーがないのは明白だ。

だがしかし。

俺が不安を抱いた次の瞬間、異変が起きた。


「…………!?」

ドカンという小規模な爆発の音が聞こえたかと思うと、攻撃速度が急激に加速していくのが分かった。

なるほど。

面白い戦い方だな。

あのハンマー、中に爆薬が仕掛けられていたのか。

「いっけえええええええええええええええええ！」

爆薬の力を借りたティアの攻撃は、加速度的に勢いを増していく。

これは凄いな。

最初は侮《あなど》っていたが、ティアの一撃は、創意工夫《そういくふう》によって、一流の冒険者と比較しても全く見劣りしない威力になっていた。

「ウゴオオオ！」

会心の一撃を受けたストーンゴーレムの体は、音を立てて崩れ去っていく。

無属性の魔石（中）　等級C
（無属性の力を秘めた中くらいの魔石）

鉄鉱石　等級E
（様々な装備に使用される鉱石）

倒れたストーンゴーレムからドロップしたのは、二種類のアイテムであった。

ふむ。どうやら武器の素材は、ゴーレム系のモンスターを倒していくことで集められるようだな。

この調子で探索を続けていけば、それなりに素材を集めていくことができそうだ。

「や、やりました……！　ボクの発明品で、モンスターを倒してやったスよ！」

もしかしたらティアにとって初めての戦闘だったのかもしれないいな。

初めて倒した魔物がCランクとは、なかなか将来が期待できる戦果である。

「ティア。油断は禁物だぞ」

「えっ……？」

俺が忠告してやると、ティアは状況が分からずに呆然《ぼうぜん》としているようであった。

「残念ながら戦いはまだ終わっていないみたいだ」

「…………!?」

気付くと、囲まれていた。

おそらく先程の爆発音で、眠っていたストーンゴーレムたちを起こしてしまったのだろう。

敵の数は三匹だ。

ゆっくりではあるが、着実に俺たちに近付いてきてくるのが分かる。

「どうする？　まだ戦えそうか？」

ゴーレム系のモンスターの弱点は、何よりスピードが極端に遅いことだ。

先程のように強烈な先制攻撃を叩き込んでやることができれば、俺が手を貸す必要はないのかもしれない。

「無理に決まっています！　ボクの『爆裂ハンマー』は、爆薬をセットするのに時間がかかるんスよ！」

「…………」

なるほど。

便利に見える戦闘スタイルには、そんな欠点があったのか。

どうやらティアが同時に相手にできる魔物の数は、最大でも一匹までのようである。

「はわわわわわ……。三匹も同時に⁉　もうダメッス！　一対三では勝てるはずがありません！　完全に終わりました！」

果たしてそれはどうだろうな。

ようやく用心棒として雇われた俺の見せ場が訪れたみたいである。

覚悟を決めた俺は、剣を抜いて戦闘態勢に入った。

「なっ⁉　ゴーレムを相手に剣で⁉　そんなの、無茶に決まっています！」

たしかに俺の戦い方は、通常のゴーレム退治のセオリーとは少し違うみたいだ。

動きが鈍く、斬撃耐性の強いゴーレム系のモンスターと戦う時は、背後に回って、打撃系の攻撃で倒すのが定石《じょうせき》となっている。

俺のように真正面から剣で戦うのは、ティアの目から見て無謀《むぼう》に映ったのだろう。

「ウゴゴゴ！」

思った通りだ。

ゴーレムのスピードは、俺にとっては、蠅《はえ》が止まるようにゆったりとしたものである。

つまりは一撃で仕留める場合、わざわざ敵の背後を取る必要もないのだ。

付与魔法発動――《斬撃強化》。

敵の攻撃を余裕でいなした俺は、付与魔法で強化した剣を使って、敵に斬りかかることにした。

ザシュッ！
ズガガッ！

なるほど。
敵の強度は通常種のゴーレムよりも、少し硬いくらいだろうか。
この程度の敵であれば、十分に両断することができるな。

「ウガアアアアアアアアアァァァ！」

断末魔《だんまつま》の悲鳴を上げたストーンゴーレムは、そのまま体を二つに引き裂かれる。
要領を掴《つか》んだ俺は、そのまま残りのストーンゴーレムも斬り伏せていく。

「あっ。あっ。あっ……!?」

んん？　これは一体どういうことだろうか？
俺が首尾《しゅび》よく敵を片付けていくとティアは、パクパクと口を開けたり閉じたりして驚いているようであった。

「本当にゴーレムを剣で……⁉　ユーリさん……。貴方《あなた》、一体何者なんですか⁉」

驚いた様子で、瞼《まぶた》をパチパチと上下させながらティアは言う。

「ん？　さっきも言わなかったか？　俺はごくごく普通のＦランク冒険者だぞ？」

「こんなの、全く普通じゃありませんよ！」

気のせいかな。

以前にも他の誰かと、似たようなやり取りをしたような気がするぞ。

そんなこんなで立ちはだかる敵を薙《な》ぎ倒した俺たちは、『東の鉱山』の探索を再開するのであった。

～～～～～～～～～～～～～～～

それから。

鍛冶《かじ》コンテストに参加するために必要な素材を調達するため、俺たちは『東の鉱山』を歩き回っていた。

銅鉱石　等級Ｆ
（様々な装備に使用される鉱石）

高純度銅鉱石　等級Ｅ
（様々な装備に使用される高純度の鉱石）

鉄鉱石　等級Ｅ
（様々な装備に使用される鉱石）

高純度鉄鉱石　等級Ｄ
（様々な装備に使用される高純度の鉱石）

どうやらストーンゴーレムからドロップする武器素材アイテムは、『銅鉱石』『高純度銅鉱石』『鉄鉱石』『高純度鉄鉱石』の四種類らしいな。

無属性の魔石（中）　等級C
（無属性の力を秘めた中くらいの魔石）

その他、ドロップする魔石のアイテムは、ライムに餌《えさ》として提供している。
魔力が詰まった魔石アイテムはライムの好物だ。
食べさせることでライムは、今までにも様々な能力を身に付けてきたのである。

「よしっ。結構、集まってきたんじゃないか」

小一時間ほど探索を続けていくと、バッグの中がパンパンになるくらいの材料を集めることができた。

「うーん」

んん？　これは一体どういうことだろうか。
順調に素材を集めているにもかかわらず、ティアの表情は晴れないものであった。

「ダメなのか？」
「……ダメというわけではないですが、いまひとつ決め手に欠ける感じがするッス。コンテストで優勝するなら、もっと特別な……。他では手に入らないような鉱石が欲しいところです……」

ふうむ。言われてみれば、ティアの言葉にも一理あるような気がするな。
今日集まった素材のランクは最高でもDだ。
別にダメというわけではないのだが、決め手に欠けるというのは理解できる。
悪い言い方をすれば、どこにでもあるような、ありふれた鉱石なのだろう。

「あの……？　なんだか地面が揺れていませんか……？」

異変が起きたのは、俺たちがそんな会話をしていた直後のことであった。
最初に感じた微《かす》かな振動は勢いを増して、やがて確信に変わっていく。

グランドゴーレム　等級B

地面の中から現れたのは、体長5メートルを超えようかという巨大なゴーレムであった。

新手のゴーレムか。

敵の脅威《きょうい》レベルはBランク。

ランクから考えて、おそらくこの『東の鉱山』の主と呼べる存在だろう。


「あ……れ……？」


先手を仕掛けてきたのは。グランドゴーレムだった。

グランドゴーレムは巨大な掌《てのひら》を使って、近くにいたティアの体を押し潰そうとしてくる。


「ユーリさん……!?」


間一髪《かんいっぱつ》のタイミングであった。

俺はティアが押しつぶされる寸前のところで、グランドゴーレムの巨大な掌を受け止めることに成功する。

「ウグッ……！」

流石《さすが》に凄《すさ》まじいパワーだ。

もともとゴーレム系のモンスターはスピードを犠牲《ぎせい》にしている分、パワーに関しては同ランク帯のモンスターと比べて頭三個分くらいは抜けた性能を誇っている。

グランドゴーレムは、Bランクのモンスターだ。

だが、パワーという一点に関しては、A等級の上位と比べても、まったく見劣りしないだろう。

少し前までの俺であれば、簡単に押し潰されていたかもしれないな。

英雄の記憶　等級SSS
(世界を救った人間にのみ与えられるスキル。全ての戦闘能力が三倍に向上する)

だがしかし。

以前に強敵、サリエルと戦闘をして以来、俺は『英雄の記憶』のスキルを獲得している。

今の俺ならば、Aランク級のパワーが相手であっても、十分に対抗することができるかもしれない。

「ウゴッ!?」

俺が全力で押し返してやると、心なしかグランドゴーレムの体が少しだけ浮き上がった。

その隙《すき》を俺は見逃さない。

身体強化魔法発動――《腕力強化》。

魔法の力を借りて、一時期的に腕力を強化した俺はグランドゴーレムの腕を掴《つか》んで、その体を放り投げてやる。

「ウゴオオ!?」

敵の体が完全に宙に浮いた。

この状況は、千載一遇《せんざいいちぐう》のチャンスである。

「付与魔法発動。《耐久性向上》《破壊力強化》《衝撃拡散》」

俺は手にした剣に連続して三つの付与魔法を使用する。
付与魔法を重ねて使用する場合、最大でも三つ程度に留めておくべきだとされている。
これ以上の数を増やしても、一つ一つの効果が薄くなったり、前にかけた効果が消えたりという、誤作動を起こすことがあるのだ。

「とりゃ！」

天井に向かって跳躍した俺は、今の自分に出せる全力の攻撃を仕掛けてみることにした。

ズガガガッ！
ズガガガガアアン！

グランドゴーレムの体にヒビが入り、全身が粉々に砕《くだ》け散る。

無属性の魔石（大）　等級B
（無属性の力を秘めた大きい魔石）

ミスリル鉱石　等級Ｂ
（様々な装備に使用される希少な鉱石。非常に高値で取引される）

敵からドロップしたのは、二種類のアイテムであった。

おおー。Ｂランクの鉱石か。

今まで入手した鉱石の最高ランクがＤだったことを考えると、二つもランクも上がったことになる。

このアイテムがあれば、コンテストでも優勝を狙うことができるかもしれないな。

「なあ。この鉱石で大丈夫そうか？」

「アハハ……。ハハハ……。これは夢ッス。ボクはきっと何か悪い夢を見ているに違いないッス」

おそらく命の危機に瀕《ひん》して、腰を抜かしてしまったのだろう。

俺が尋ねてみるとティアは、乾いた笑い声を返すのだった。

〜〜〜〜〜〜〜〜〜〜〜〜〜〜〜〜


それから。

東の鉱山で鉱石の採取に成功した俺たちが向かった先は、問題の根源であるウーゴの店であった。

「コ、コイツはミスリル鉱石じゃねぇか……！　こんな貴重な素材、どこで手に入れたんだ!?」

俺たちの持ち帰った素材を目にしたウーゴは、目を丸くして驚いているようであった。

「ジイちゃん！　この鉱石を使って、とびきりの剣を打ってほしいッス！　鍛冶《かじ》コンテストで優勝したら、店を立て直すことができるッスよ！」

「…………」

何故だろう。

孫娘の必死の説得にもかかわらず、ウーゴの態度はどこか冷めたものであった。

「フンッ……。今更、どう足掻《あが》いてもウチの店に客が戻ってくることはねえよ」

どこか憂《うれ》いを帯びた眼差《まなざ》しでウーゴは続ける。

「どんなに頑張ったところで、所詮《しょせん》、安売りには敵《かな》わないのさ。世の中カネ！　カネ！　カネよ！」

ふうむ。おそらく『格安商店』に常連客を取られたことで、ウーゴはヤル気と自信をなくしてしまったのだろうな。

気持ちは、まあ理解できなくはない。

長きに渡り信頼関係を築いてきた客がカネの力によって離れていってしまったのだ。

自暴自棄《じぼうじき》になるのも無理はないのかもしれない。

「何を言っているんスか！　ジイちゃんがやらないなら、代わりにボクが剣を打つッスよ！」

「…………」

孫がヤル気になっている様子を見て、何か思うところがあったのだろうか。
ウーゴの瞳に心なしかヤル気の炎が灯ったような気がした。

「バカを言うな！　ミスリル鉱石といったら最高難易度の素材じゃねぇか！　お前のような『半人前』に扱えるものか！」
「そんなこと、やってみないと分からないじゃないッスか！　道具は借りていくッスよ！」

テーブルの上の工具セットを手に取ったティアは、そのまま大きな足音を立てて、作業所に向かって歩いていく。

「どわあああ！　そんな風に大切な道具を乱暴に扱うんじゃない！」

やはりな。
実の孫娘がヤル気になっている様子を目の当たりにして、ウーゴとしても何か思うところがあったのだろう。
いつの間《ま》にか、ウーゴは、すっかりと眼に活力を取り戻しているようだった。

「チッ……。貸してみろ！　オレがやる！」

「ジイちゃん……！」

「仕方がねえ。今回だけだぞ！　貴重な素材がダメになるのを黙って見ていちゃ、鍛冶屋としての沽券《こけん》に関わるからな！」

おお。どうやらウーゴがヤル気になってくれたみたいである。

これで最高級の素材と最高の腕を持った職人が揃ったことになるな。

鍛冶コンテストのレベルがどんなものになるかは分からないが、負ける気はしなくなってきたな。

4話 インテリドワーフの挑発

To tell the truth, F-rank magic swordsman is the strongest!

それから。

ウーゴの店にミスリル鉱石を届けてから数日の時が過ぎた。

今日はコンテストに出す武器の完成予定日だ。

ウーゴの腕前を疑うわけではないが、俺には武器の品質をチェックすることのできる《鑑定眼》のスキルがある。

俺の力でも、武器の完成度をチェックすることくらいはできるだろう。

「よお。ウーゴ。調子はどうだ？」

作業台の上で仮眠をとっているウーゴに声をかけてみる。

「んあ……。なんだ……。兄ちゃんか」

おそらく明け方の遅くまで作業に没頭していたのだろう。

ウーゴの作業場はいつにも増して、散らかっているようであった。

「初めて扱う素材だったから少し調整に戸惑ったが、バッチリよ。どこに出しても恥ずかしくない品になったたと思うぜ」

ウーゴは自信たっぷりという感じだな。

ふうむ。一時はどうなることかと思ったが、なんとか一安心だ。

ティアの協力のおかげで、高品質の武器素材は用意できたんだ。

後は予定通りに武器さえ完成してしまえば、コンテストにおいても悪い結果になることはなさそうである。

「おい。おかしいぞ……。たしかに昨日は、この机の上に完成品を置いていたはずなのに……！」

んん？　これは一体どういうことだろうか？

無造作《むぞうさ》に机の上を漁《あさ》るウーゴの顔色は、たちどころに青ざめていった。

「ない！　ないぞ！　ウソだろ……！　泥棒だ！　盗まれたかもしれねぇ……!?」

おいおい。ここにきて、とんでもない問題が発生してしまったようである。

たしかに店のセキュリティーには問題があった。

おそらく長い間、客足が遠のいていたからという部分もあるのだろうな。

店の中はカギすらかかっておらず、店主のウーゴは仕事に疲れて、眠っている状態であったのだ。

「おやおや。何やら物騒な言葉が聞こえてきましたねぇ」

コリー・ドルマン
種族　ドワーフ
性別　男
年齢　33

店の扉を開いて、入ってきたのはメガネをかけたドワーフであった。
むっ。この男はたしか『格安商店』の店主か。
ドワーフにしては珍しいインテリっぽい雰囲気《ふんいき》が印象に残っている男だ。

「チッ……。商売敵《がたき》がオレの店になんの用だってんだ!?」

どうやらウーゴは、このインテリドワーフと面識があるようだな。
こんなに警戒心を剝《む》き出《だ》しにしているウーゴを見るのは初めてのことである。
もしかしたら今までにも、何かしらの嫌がらせを受けていたのかもしれない。

「まあまあ。そう怒らないでくださいよ。ウーゴさんが『鍛冶《かじ》コンテスト』に出場するという噂《うわさ》を聞きましてね。今日は応援のつもりでお邪魔したのですよ」

言葉遣いこそ柔らかいが、コリーの表情には、内に秘めた邪悪な性根が現れているようであった。

「……!?　まさか、オレの剣がなくなったのは、お前の仕業《しわざ》だっていうのか！」

「ふふふ。人聞きの悪いことを言わないで下さい。ワタシが盗《と》ったという証拠がどこにあるのですか?」

「クッ……。グヌウ……」


たしかに現時点では、コリーを犯人と決めつけるのは早計なような気がする。

しかし、状況から見て、コリーが怪しいのは、疑いようのない事実である。

何か確かめる手段はないだろうか?

むう。

そう言えば以前に習得した無属性魔法(上級)の中には、相手の思考を読み取ることのできる魔法があったような気がする。


「マインドリーダー」


そこで俺が使用したのは、無属性魔法(上級)に位置するマインドリーダーの魔法であった。

この魔法は何かと便利なものだ。

至近距離にいる、動いていない相手にしか使用できないという欠点はあるのだが、相手が内に秘めている『隠された心理』を明るみに出すのである。

（ハハハ……。バカな男です。切り札であった『ミスリルソード』は、既に我々の手の中にあるとも知らずにね）

なるほど。この男は明らかに『黒』のようだな。

マインドリーダーの魔法が発動しているおかげで、コリーの考えていることが手に取るように分かるぞ。

（部下の働きによって、邪魔者が一人排除されました。鍛冶コンテストで優勝するのは『格安商店』以外にありえないのですよ）

腹黒い男だ。

このコリーという男は、ライバルを潰す目的で部下に盗みを働かせていたのだろう。

「ウグッ……。だが、まだコンテストまで時間はある。今からでも準備をすれば間に合うはずだ」

ウーゴの言う通りだ。

鍛冶コンテストの開催まで、あと七日くらいは残されている。

今からでも急いで素材を集めて、武器を作れば、十分にコンテストに出場ができるだろう。

「はぁ……。残念ですけど、それは無駄ですよ。無駄はよくない。無駄ほど美しくないものはありません！　潔《いさぎよ》く辞退するべきだと思いますけどね」

「あんだと……!?」

「見せてあげましょう。これが我々『格安商店』の出品武器です」

「コ、コイツは……!?」


次にコリーが取り出した剣は、俺たちの度肝《どぎも》を抜く武器であった。

魔剣デュランダル　等級A
(最高品質の鉱石を用いて作られた魔剣。その一撃は光すら引き裂くとされている)

むう。Aランクの剣か。

俺の使っているバスターソードよりもレアリティの高い武器だ。

見ているだけで息を呑《の》んでしまうような美しい造形である。

これほど見事な武器を見るのは、転生してからは初めてのような気がするな。

「これで分かったでしょう？　どちらにせよ貴方《あなた》たちに勝ち目はないのですよ」

「グ……。チクショウ！　オレたちの努力は、最初から無駄だったっていうのかよ！」

地面に膝をついたウーゴは、悔《くや》しそうに拳で床を叩いていた。

たしかに今のままでは、目の前の魔剣に勝てる気はしない。

もしもミスリルソードが盗まれていなくても、コンテストで優勝することは難しかっただろう。

「ああ。そうそう。ウーゴさん。もし行く当てがなくなったら、今後は、我々『格安グループ』で働いて頂けませんか？　こう見えてワタシは、鍛冶師としての貴方の腕を買っているのですよ」

「…………」

なるほど。コリーの狙いは最初からコレにあったのか。

その時、俺の脳裏《のうり》に過《よぎ》ったのは、いつの日かパンチョから言われた言葉であった。

『更に悪いことに職を失ったドワーフ職人たちを奴隷《どれい》のような安賃金で雇用して、別の街に系列店を展開。不当に利益を上げているって話だぜ』


ふうむ。あの時に聞いた噂話は真実だったみたいだな。

厄介《やっかい》な連中だ。

どうやら『格安商店』の安売りは、俺が思っていた以上に悪質な商法によって、支えられていたようである。


〜〜〜〜〜〜〜〜〜〜〜〜〜〜〜〜〜〜


新しくできた『格安商店』の店主であるコリーの妨害によって、俺たちは絶望に暮れた。

それから。

窮地《きゅうち》に追い込まれた俺たちは、今後の対策について話し合いをすることにした。

「そんな……。それじゃあ、ボクたちは一体どうすれば良いんスか!?」

途中から店に顔を出したティアは、事情を聞いて頭を抱えているようであった。

「ジイちゃん。その魔剣に勝てる方法っていうのはないんスか!?」

「…………」

残念ながら俺は武器を使うことはできても、作ることに関しては完全に専門外だ。

こうなった以上、最後はウーゴの知識と経験に託す他はないようである。

「ないことはない。可能性は薄いが一つだけ、方法はある……」

「本当ッスか!?」

「ああ。『聖魔の鉱石』だ。火の都《ネツトリア》にある《ビュッセル鉱山》でしか採取できないといわれる『聖魔の鉱石』を採取できれば、奴の魔剣にも負けない最強の剣を打つことはできるかもしれないな」

俺の思い過ごしだろうか？

具体的な解決策が提示されたにもかかわらず、ウーゴの表情は晴れないものであった。

「だが、時間がねえ。火の都に行くには、馬車を走らせても半月はかかるだろうよ。一週間後の『鍛冶《かじ》コンテスト』には、とても間に合いそうにねえ。どちらにせよ、オレたちの敗北は確定している」
「そ、そんな……！」

ふうむ。火の都《ネットリア》か。
なんだか妙に引っかかるぞ。
どこかで聞いたような名前だな。

『今直ぐに、火の都《ネットリア》に向かってくれ！　さもなければ世界は破滅を迎えるかもしれねえ！』

そうか。思い出した。
前に夢のお告げ女に行くように指示をされた場所が同じ名前だった。
気のせいかな。
以前にも似たようなことがあったような気がするぞ。

俺は前にも、同じように夢のお告げの中で『水の都ルミナリア』に行けと指示されたことがあった。

これは果たして偶然と呼んでも良いのだろうか？

なんらかの運命的な導きによって、俺の行き先が決められているのかもしれない。

「いや。別に不可能ではないぞ」

単純に時間だけが問題ということなのであれば、今からでも十分にリカバリーが可能であろう。

「あんだって!?　いくら兄ちゃんでも流石《さすが》に無理だろう！　火の都に行くにはでっけぇ山を越える必要があるんだぞ！」

大きな山か。たしかに馬車を走らせれば、相当な時間がかかりそうだな。

だが、俺のスキルがあれば、いくらでもショートカットの方法はあるだろう。

こういうのは口で説明するよりも実際に見せてやる方が早そうだ。

「召喚——。スカイドラゴン」

スカイドラゴン　等級B

そこで俺は『口寄せ』のスキルを使用して大型のドラゴンを召喚してやることにした。

「ギャアア！」

久しぶりに召喚されたスカイドラゴンは、大きく口を開けて鳴き声を上げていた。

「コ、コイツは……？　もしかして兄ちゃんは、剣士じゃなくて、テイマーだったのか!?」

「……ああ。色々と事情があって、そういうことになっている」

本当のことを言うと、俺の本職はテイマーというわけではないのだが……。

今は説明する必要のないことなので、黙っておくことにしよう。

「テイマーがドラゴンと契約するなんて聞いたことがねえが……。た、たしかにコイツがいれば、一日足らずで火の都に到着することができるかもしれねえ。いや、しかし……」

ウーゴの言わんとすることは分かる。

いくらドラゴンを使って、移動ができるとはいっても、貴重な鉱石を手に入れるには相応のリスクが付き纏《まと》うはずだ。

今回の旅は確実に危険を伴《ともな》うものになるだろう。

「じいちゃん！　ボクは行くッスよ！　ユーリさんと一緒に火の都に行って、伝説の鉱石をゲットしてみせるッス！」

「…………」

ティアが同行してくれるのは、正直かなり助かる。

色々と便利なスキルを持っている俺であるが、鍛冶関連のことに関しては、まったくの素人《しろうと》だ。

誰かにアドバイスをされないと不安な面も多いんだよな。

「チッ……。一日だ……」

俯《うつむ》き気味に視線を伏せたウーゴは、小さな声でボソリと呟《つぶや》いた。

「え……？」

「一日あれば、剣は打てる！　オレは準備を整えておく。だから絶対に帰ってくることだ！　いいか？　絶対だぞ！」

ウーゴのやつ、正直に孫娘が心配だということを伝えれば良いものの、素直になれないでいるようだ。

「ユーリさん。ボクはもう覚悟を決めました。絶対に勝って、ボクたちの力を知らしめてやりましょう！」

「ああ。頼りにしているぞ」

色々とトラブルはあったが、次なる目的地が決まったな。

いざ、火の都《ネツトリア》へ。目指すは、最強の剣だ。

5話

火の都ネットリア

To tell the truth, Frank magic swordsman is the strongest!

それから。

スカイドラゴンで移動を開始してから丸一日くらいが経過しただろうか。

途中で休憩《きゆうけい》を挟みながら、旅をしていると、それらしい場所が見えてきた。


「ユーリさん！　あれ！」


おお……。

アレが噂《うわさ》に聞く火の都《ネットリア》か。

なんだか、今までに見たことのないタイプの街だな。

険しい山岳地帯の中に作られた《ネットリア》は、見ている人間の気分を高揚《こうよう》させるかのような荒々しい光景をしていた。

「降りてみよう」

いきなり街の真ん中に降りたら、住人達を驚かせてしまうことになるかもしれない。
そう考えた俺は、ひとまず街の端っこを目指してみることにした。
だが、結論から言うと、俺の心配は杞憂《きゆう》だったようだ。

「ユーリさん……。これって一体……!?」

不可解だな。
街の規模からいって、直ぐに人に遭遇《そうぐう》するものだと思っていたのだが、今のところ、その気配はまるでない。
この街は、異様に寂れているのだ。
その原因について、一つだけ心当たりがあった。

「キュ〜！」

「そうか……。ライムもそう思うよな」

ライムの表情が心なしかいつもより苦しそうである。

この街は、魔力が異様に薄いのだ。

魔力というのは、生物にとって欠かすことのできないものである。

薄くなれば、十分に作物を育てることができなくなるし、人々の間に疫病《えきびょう》などが流行《はや》りやすくなるらしい。

だからこそ、この街に住んでいる人間たちは、少なくなっているのだろう。

「とにかく、今は『聖魔の鉱石』についての情報が必要だ。聞き込み調査をしてみよう」

「了解ッス！」


それから。

俺はティアと手分けをして、街にいる住人たちに声をかけることにした。

聞き込み調査は難航した。

それというのも《ネツトリア》の街は既に、ほとんど住人たちが退去した後だったからだ。

「おいおい！　今はそれどころじゃねえんだ！　後にしてくれ！」

「見て分からないのかい？　この街はもう終わりだよ。魔力が枯渇《こかつ》しているからね」

数少ない住人たちは、引っ越しの準備をしている最中であり、鉱石の情報を聞けるような状況ではなかった。

俺一人で訪れていたのであれば、諦めていたかもしれない。

けれども、ティアの粘り強い交渉もあって、なんとか情報の提供者を発見することに成功する。

「聖魔の鉱石？　命が惜しければ、やめておいた方が良い。あの鉱山はもはや人間が立ち入ることのできる場所ではないのじゃ」

そう言って語るのは、街の外れにいた六十代くらいの男であった。

聞き込み調査を開始して、四時間ほどが経過した時のことである。

この男もまた、引っ越しの荷物をまとめて、今にも街の外に向かおうとしている最中であった。

「詳しく教えてくれないか？」

「……知っているとは思うが、ネットリアは、貴重な鉱石が取れることで栄えてきた街だ。じゃが、鉱山の中が闇に包まれてからは変わってしまった。街周辺の魔力が薄くなって、誰も寄りつかなくなってしまったのじゃ」


気のせいかな。

この展開、前にも似たようなことがあった気がするぞ。

具体的には以前に水の都《ルミナリア》に向かった時も、『特異点』という特殊なエリアが出現して、同じようなことが起きていたんだよな。


「何も対策はしなかったのか?」

「当然、ギルドは動いている。じゃが、無意味だった。近くの街から名のある冒険者が鉱山に向かったのだが、誰一人として戦果を上げることはできなかった。既に多数の犠牲者《ぎせいしゃ》が出ているらしい」


ふうむ。鉱石の採取以前のところで、色々と厄介《やっかい》な問題が発生しているらしいな。

俺としては、目当てのアイテムを入手したら直ぐにでも戻りたいところなのだが、そういうわけにもいかない状態なのかもしれない。

「そこの旅の人は冒険者か？」

「ああ。一応な」

「ランクは？」

「Ｆランクだ」

「……悪いことは言わない。やめておけ。死ぬだけじゃ。どのみち、Ｂランク以上の冒険者が同行しないと鉱山の中には入ることはできないぞ」

「…………」


ふうむ。

これは困ったことになってしまったぞ。

せっかく火の都まで遠征しても、目当てだった《ビュッセル鉱山》に入ることができないのでは、伝説の鉱石を手に入れることなど夢のまた夢である。

いや、事態は一刻の猶予《ゆうよ》を争う問題なのだ。

あまり気は進まないが、ここは融通《ゆうずう》を利《き》かせるべきか？

ルールを破ってでも、コッソリと入ることを考えた方が良いのかもしれない。

「む。そこにいるのはもしや……。アイザワ・ユーリ……」

クロエ・ダウエル
種族　ダークエルフ
性別　女
年齢　22

場の空気が変わったのは、俺がそんなことを考えていた直後のことであった。

むう。

なんとも意外な人物に意外な場所で出会ったものである。

彼女の名前はクロエ。

俺たちと同じ、リデイアル出身の冒険者だ。

以前にクロエとは、アイシャ、ローザスと共に同じパーティーで邪竜退治のクエストに向かったことがあったんだよな。

「どうしてここにいるんだ？」

「それはワタシの台詞《せりふ》だ！　ワタシはこの街に発生した《闇の魔力》の調査クエストに来た！

一応言っておくが、今回の事件は、Ｂ難易度のクエストだぞ！　貴様の出る幕はないはずだ！」


なるほど。

そう言えばクロエは、Bランク冒険者だったな。

どうやらクロエは俺と違って、鉱山のクエストに参加する資格を持っているようだ。

「なあ。よければ、そのクエストに同行できないか？　実は俺たちも鉱山に用があるんだ。でも入ることができなくて困っていたんだよ」

俺の提案を受けたクロエは、俯《うつむ》き気味に視線を伏せて、何やら考え事をしているようであった。

「たしかにアイザワ・ユーリの実力は計り知れない。協力してくれるなら戦力として、頼もしいことは間違いないが……」

何故だろう。

普段はハッキリとものを言う性格をしているクロエだが、今日はやけに歯切れが悪いようだった。

「断じて反対しますね。我々のパーティーには、彼のような素性《すじょう》の知れない人間は相応《ふさわ》しくない」

マスティ・ブラウラー
種族　エルフ
性別　男
年齢　42

俺たちの会話に割って入ってきたのは、何やら気難しそうな男であった。

エルフか。初めて見る種族だな。

近くにいて、話を聞いていたところを見るに、クロエの知り合いなのだろう。

「マスティ。まあ、そう言うな。アイザワの実力は、少なく見積もってもＡランク。いや、もしかしたらＳランクとすら肩を並べる可能性があるぞ」

「ほう……」

俺の思い過ごしだろうか？

Sランクという言葉を耳にした瞬間、マスティの表情が露骨に不機嫌なものになったような気がした。

「アイザワ、と言いましたね。失礼ながら、冒険者ライセンスを見せて頂けますか？」

「ああ。別に構わないぞ」

俺が冒険者ライセンスを提示するとマスティの表情は、益々《ますます》と険しいものになっていく。

「んなっ……！　Fランク……だと……!?」

ライセンスを受けた取ったマスティは、愕然《がくぜん》とした表情を浮かべていた。

「目が曇りましたね。クロエ！　たかだかFランク冒険者にSランクの実力などあるはずがない！」

なるほど。

たしかに、このマスティという男の言葉にも一理ある。

Ｆランクというと冒険者の中でも最低ランクになるのだが、Ｓランクは反対に最高ランクを意味する。

面倒事を抱えるのが嫌で、俺はあえて冒険者ランクを上げずに放置しているわけだが、それにしてもＳランクは盛り過ぎている気がするな。

「許されざる大罪！　このような侮辱《ぶじょく》を受けたのは初めてです！　クロエ。貴方《あなた》はＡランク冒険者の誇りを傷つけたのですよ！」

ふうむ。

この男、Ａランク冒険者だったのか。

Ａランク冒険者に出会うのは、この世界に転生してから二人目だな。

今までの経験上、Ｂランクより上の冒険者たちは、それぞれが目を見張るような実力者だった。

ＣランクとＢランクの間には、大きな壁があるようだ。

その中でもＡランクということは、このマスティという男も相当に強いのだろう。

「別に侮辱しているつもりはない。ワタシは事実を言っているまでだ。アイザワ・ユーリはおそらく、お前よりも強いぞ」

「…………ッ！」


この言葉が決定打になってしまったようだな。

顔を赤くしたマスティは、完全に怒りで我を忘れてしまったようある。

「フフフ。フハハハハハ！　良いでしょう。そこまで言うのでしたら決着をつけましょうか！　そこにいるFランクとAランク冒険者であるワタシ。どちらが真の強者《つわもの》なのか、白黒をハッキリと付けることにしましょう」


おいおい。何やら大変なことになってしまったぞ。

俺としては、鉱山に入るために、Bランク冒険者のいるパーティーに同行してほしかっただけなのだが……。

想定外の問題が発生してしまったみたいである。

6話 マスティの試練

To tell the truth, F-rank magic swordsman is the strongest!

でだ。

ひょんなことからAランク冒険者マスティと勝負をすることになった俺は、街から少し離れた場所に移動することにした。

「すまないな。アイザワ。ウチのパーティーメンバーが迷惑をかけてしまって」

隣を歩いているクロエが、申し訳なさそうな表情で謝ってくる。

むう。強気な性格のクロエに謝罪をされると、なんとも居心地の悪い気分である。

「なあ。あの、マスティという男は何者なんだ？」

良い機会なので先程から気になっていたことを尋ねてみる。

「奴はワタシと同じ魔法研究会に所属する先輩だな。魔法の実力に関しては、冒険者の中でもトップクラスなのだが……。昔のワタシと同じで、ランク至上主義者なところが玉に瑕《きず》だ」

んん。何やら聞き覚えのない単語が聞こえてきたぞ。

「ランク至上主義者、とはなんだ?」
「他人の実力をランクでしか測れない人間のことだ。高ランクの冒険者が陥《おちい》りがちな価値観さ。まあ、お前のような一部の例外を除いて、その人間の大まかな実力は『ランク』で測られるのだから、あながち間違いとも言い難いのだけれどな」

なるほど。
そう言えばクロエも俺と初対面の頃は、やたらと俺の冒険者ランクを気にしていたような気がするな。

「ところで、そっちのお嬢さんはどなたかな?」

クロエの興味が俺の隣を歩くティアに移ったようだ。

「ああ。紹介が遅れたな。こっちはドワーフのティアだ。俺と一緒に最強の剣を作る旅をしている」

「よ、よろしくお願いするッス！」

おそらく、初対面のクロエの前で緊張しているという部分もあるのだろう。

ティアの態度はどことなく余所余所《よそよそ》しい感じだった。

「……なるほど。この非常事態に面白そうなことをしているな。よくも悪くも、マイペースでお前らしいよ」

俺の言葉を聞いたクロエは、感心と呆《あき》れが半々ずつといった感じで言葉を返す。

さて。

そんな世間話をしているうちに目的の場所に到着したみたいである。

マスティに連れられて辿《たど》り着いたのは、見晴らしの良い草原のエリアであった。

「この辺りで良いでしょう。それでは、さっそくそこにいるFランクと決着をつけるとしましょうか」

どこまでも挑発的な口調でマスティは俺に宣戦布告をする。

「なあ。決着っていうが、どういう方法で戦えば良いんだ？　まさか一対一で喧嘩《けんか》をするわけじゃないよな？」

これから一緒に冒険するかもしれない人間と戦うのは、バカバカしい話である。
今は可能な限り、戦力を減らすのは避けておきたい。
味方同士で争っても良いことなんて一つもないからな。

「ふっ。我々、エルフは血を流すような戦いは好まないのですよ。他の野蛮《やばん》な種族と一緒にしないで頂きたい」

なるほど。それなら一応、安心（？）できるというわけか。
戦いを好まないのであれば、そもそも決闘を挑むようなことをしなければよいのに……。

というツッコミは、胸の内に留めておくことにしよう。

「勝負の決着は氷の塔《アイスタワー》によってつけることにしましょう！」

「「なっ……!?」」

俺の、思い過ごしだろうか？

氷の塔《アイスタワー》という単語が出た途端、クロエとティアの表情が途端に張り詰めたものになったような気がした。

「有名なやつなのか？」

「ああ。氷の塔《アイスタワー》というと、高位の魔法使い同士で行われる神聖な決闘だ」

「お互いが魔法で氷の塔《アイスタワー》を作って、そのクオリティーの高さを競うものッスよ！　見ていて迫力があるので、魔法競技としても人気ッス！」

なるほど。

よく分からないが、何やら知名度のある決闘の方法らしい。

前世の記憶を思い起こしても、まったく覚えがないので、おそらく、最近になって作られた競技なのだろう。

いずれにせよ、血を流すことなく勝負ができるなら俺にとって好都合だ。

「まずはワタシが先攻。行きますよ！」

マスティは、自信ありげに俺たちの前に出る。

ふむ。この佇《たたず》まい、只者《ただもの》ではないようだな。

最初に会った時から思っていたのだが、このマスティという男の実力は底知れないものがある。

少なくとも、今まで俺が出会ってきた冒険者の中では、頭一つ分抜けた実力を持っていそうだ。

「氷の塔《アイスタワー》！」

異変が起きたのは、マスティが呪文を唱えた直後のことであった。

「…………!?」

突如として、地面が揺れる。

堅い地面を突き破り、平原から出てきたのは、高さ十メートル程度の氷の塔《アイスタワー》であった。

「ふう。まずまず、といったところでしょうか」

凄《すご》い。流石《さすが》はＡランク冒険者だな。

単純に高さがあるだけではない。

マスティが作り出した氷の塔《アイスタワー》は、デザインにも拘《こだわ》りがあって、見るものを引き付けるような美しい形状をしていた。

「やはり、魔力が薄いせいで、本調子とまではいきませんね。本来の半分の力も出せませんでしたよ」

「…………!?」

このレベルの魔法で実力の半分しか出ていないのか。

たしかに今の、この『魔力が薄い』という状況は、魔法を使う人間にとっては最悪のコンデイションだ。

ふうむ。

どうやらマスティの実力は、俺が予想していた以上に高いのかもしれない。

これは俺も頑張らないといけないな。

「アイザワ・ユーリ。Ｂランクのクロエは騙《だま》せたかもしれませんが、Ａランクのワタシは騙されませんよ。どうやってクロエに取り入ったかは知りませんが、貴方《あなた》の化けの皮を剝《は》がして差し上げます！」

やれやれ。またランクの話か。

クロエの言っていた『ランク至上主義者』の意味がようやく分かったような気がするよ。

人間の価値をランクでしか測れない奴を相手にするのは、なんだか疲れてくるな。

「ユーリさん……。大丈夫でしょうか……」

「まあ、心配いらないだろう。あの男は常に我々の予想の上をいくからな」

マスティの魔法を前にして二人は、口々にそんなコメントを残していた。

さて。マスティが魔法を披露した後は、俺が魔法を見せる番である。
初めて見る魔法だったが、だいたいイメージは固まったな。

「氷の塔《アイスタワー》」

俺が呪文を唱えた次の瞬間。
空気が冷たくなり、大地が引き裂かれるような勢いで振動を始める。

「な、なんなのですか……！　これは……!?　地震……!?」

先程のマスティの魔法を見て学習した。
大きな氷の柱を作る時は、地面の深くから立てなければ、バランスを取ることが難しいのだ。
この振動は、地面深くで、氷の柱が作られている時に発生するものなのだろう。
マスティは見栄えを重視して、少し、浅い場所から塔を建てたようだが、俺は可能な限り深い場所から作ることにしたのだ。

「グッ……。流石にこれは……」

「はわわわわ！　吹き飛ばされるッス！」

振動を受けたティアとクロエは、近くにあった木に摑《つか》まって耐えているようであった。

さて。俺の予想が正しければ、そろそろ塔が見えてくるころだろう。

ズガッ！　ズガアアッ！

よし。イメージ通り上手《うま》くいった。

周囲が激しい振動に包まれたその直後。

俺の目の前に現れたのは、高さ50メートルを超えようかという巨大な氷の塔《アイスタワー》であった。

苦労して地面の深い位置から作ったことが功を奏したのだろう。

俺の作った氷の塔《アイスタワー》は、抜群《ばつぐん》の安定感を誇っているようだった。

「バ、バカな……。なんなのだ……これは……!?」

あんぐりと口を開いたマスティは、呆然《ぼうぜん》としているようであった。

「さ、流石ッス！　ユーリさん！」

「ふふ。アイザワ・ユーリ。相変わらず底の知れないやつだ。魔力の薄い環境下で、これだけの魔法を使えるとはな……」

クロエとティアも俺の魔法を評価してくれた。

この勝負、流石に俺に分がありそうだな。

「ふんっ……。たしかに派手な魔法でしたが……。大きいだけです。ワタシの作った塔の方が遥《はる》かに精巧で、緻密なデザインをしていますよ。この勝負、ワタシの勝ちだ！」

ふうむ。この期に及んで、負けを認めないとは、諦めの悪いやつだな。

エルフという種族は、俺が思っていた以上にプライドが高いのかもしれない。

「いや、それはどうだろうな」

たしかに見栄えという点でいうと、マスティの作った氷の塔《アイスタワー》の方がデザイン的には優れている部分もあるかもしれない。

だがしかし。

マスティの作った氷の塔《アイスタワー》には一つだけ、致命的な欠点があった。


ボキッ！


どこからか、鈍い音が聞こえてきた。

やはりそうか。

俺の思っていた通りのようである。

おそらく、先程の振動によって、ダメージを受けたのだろう。

そう。

マスティの作った氷の塔《アイスタワー》は、見栄えの良さを重視するあまり、耐久性に明らかに問題があったのだ。

「んなっ！　なあああああああああああああああああ！」

マスティが叫んだ次の瞬間。

ヒビの入った氷の塔《アイスタワー》は、瞬く間に崩れていった。

「ハハハ……。バカな……。ＡランクのワタシがＦランクに負けるなんて……。そんなことが許されてなるものか……」

一見して、見栄えの良いものほど崩れると脆《もろ》いという部分もあるのかもしれない。

この様子だと、勝負に負けて、氷の塔《アイスタワー》だけではなく、プライドまで崩れてしまったようである。

ふう。何はともあれ、これで勝負の決着がついたみたいだな。

こうして俺たちは、クロエたちのパーティーに参加する資格を得ることに成功するのだった。

7話 呪われた鉱山

それから。

マスティとの決闘を制して、無事にパーティーの参加権を得た俺たちは、問題の鉱山にまで足を延ばしていた。

最終的に集まったメンバーは、俺、クロエ、マスティ、ティアという布陣である。

Fランク冒険者、Bランク冒険者、Aランク冒険者、鍛冶屋《かじや》の孫という、かなりバラエティー豊かなメンバーが揃った感じだな。

「クッ……。どうしてAランク冒険者であるワタシが、こんな素性《すじょう》の知れない連中と……」

勝負で負けたにもかかわらず、マスティはどこか不満そうな表情であった。

約束事とはいっても、Fランクの俺とパーティーを組むのは、納得のいかない部分があるのだろう。

「なあ。どうしてマスティは、今回のクエストを受けようと思ったんだ？」

良い機会なので、前から気になっていたことを尋ねてみる。

今までの会話を聞く限り、二人は元々、この街に住んでいた、というわけではないようだ。

俺たちと同じで、別の街から、時間をかけて遠征してきたのだろう。

「愚問《ぐもん》ですね。もちろんそれはランクを上げるためですよ」

「……どういうことだ？」

「まさか貴方《あなた》も知らないわけではないでしょう？　Ａランク冒険者に昇進するためには、一年の間に難易度Ｂランクのクエストを四回達成する必要があるのですよ。

難易度Ｂランクのクエストは、それ自体が希少なものですから。遠路はるばる足を運んできたというわけです」

「なるほど……。そういう事情があったのか」

知らなかった。

案外ランク上げというのも、難しいものなのだな。

たしかに俺のいるリデイアルの街でもBランク難易度のクエストは、滅多《めった》に出るものではなかった。

もともと希少なクエストを他の高位の冒険者と取り合いになるわけだから、一年の内に四回達成というハードルは相当に高そうである。

「ん。待てよ。でもマスティは、既にAランクだから別に関係ないんじゃないのか？」

今までの話は、あくまでBランクの冒険者がAランクに上がるために必要な条件である。

マスティにとってのメリットには、繋《つな》がらない気がするのだけどな。

「ええ。ですから今回は、クロエのランクを上げるための手伝いをしているというわけですよ」

「なるほど。キャリーというわけッスか」

「キャリー？」

ティアが気になる単語を発したのでオウム返しに質問してみる。

「格上の冒険者が低ランクの冒険者のクエストを手伝うことです。自分でも流石《さすが》に知っていますが……。ユーリさんは本当に冒険者なんスか？」

くっ……。悪かったな。

俺は転生したばかりで、この世界の事情にはまだ色々と疎《うと》いところがあるのだ。

「でも、どうしてそんなことをしているんだ？」

「……なんてことはありません。クロエにはＡランク冒険者に見合った実力がある。ワタシはそう踏んでいるのです」

「…………」

ふうむ。どうやら俺は少し、誤解をしていたのかもしれない。

てっきり俺はマスティのことをランクで人を差別する嫌なやつだと思っていたのだが、他人のランク上げを手伝う親切なところもあるようだ。

さて。

そんな世間話をしていると、さっそく目的の場所に到着したみたいである。

「ここが問題の鉱山ですか……。凄《すさ》まじい瘴気。久しぶりに血が沸くクエストを受けることができそうですねえ」

この雰囲気《ふんいき》。やはり、以前に水の都を訪れた時と似ているな。

たしか、『特異点』と呼ばれる危険なエリアである。

曰《いわ》く。

『特異点』とは、強力な『闇の魔力』によって汚染されたエリアのことを指すらしい。

水の都で遭遇《そうぐう》した『特異点』は、より広大で、数千人の兵士たちを丸々と消失させるほど強力なものであった。

さしずめ、この鉱山の中は『特異点の初期段階』といったところだろうか。

「今回のクエストは、Bランク難易度の中でも上位に位置するものでしょう。……いえ、ひょっとするとAランクに近い難易度になるかもしれませんねえ。クロエ。引き返すなら今のうちですよ？」

マスティの言う通り、今回のクエストが『普通のBランク難易度』である可能性は限りなく低そうだ。

初期段階、とはいっても、『特異点』は放置をすれば、一つの国を丸々と呑《の》み込んでしまうほど危険なものだからな。

俺の予感が正しければ、Ａランクを超えて、Ｓランククラスの難易度はありそうである。

「……何を言うか。ここまで来て、逃げるという選択肢《せんたくし》はない。ワタシは戦うぞ」

俺も同じ気持ちである。

リデイアルの街では、俺たちが鉱石を持ち帰るのを待っているウーゴがいるのだ。

たしかに先程から危険な匂《にお》いは感じるのだが、だからといって、引き返すわけにはいかなそうである。

ダークゴーレム　等級Ｂ

おっと。そうこうしている内に、さっそく敵にエンカウントしたようだな。

敵の大きさは、精々《せいぜい》二メートルくらいだろうか。

通常種のゴーレムと比べて、大きな違いは感じられない。

だが、闇の魔力を身に纏《まと》ったダークゴーレムは、通常のゴーレムと比べて、遥《はる》かに威圧感を増していくようであった。

「火炎弾《ファイアーボール》！」「風列刃《ウインドエッジ》！」

敵の出現を受けて、真っ先に動いたのは、マスティとクロエであった。

流石は上級ランク冒険者の二人だ。

二人の魔法は、発動までのスピードも、威力も、まったくケチのつけようのないものであった。

ガキンッ！

完璧《かんぺき》な一撃だ。

二人の魔法は、ダークゴーレムの体にヒットして、爆風を巻き起こした。

「うおおお！　二人とも凄《すご》い魔法ッス！　やったッスよ！」

いや、果たして、それはどうだろうな。

異変に気付いたのは、二人の魔法によって上がった土埃《つちぼこり》が引いた後のことであった。

「ウゴオオオオオオオオオオオオオオオオオオオオ！」

「――――ッ！」

驚いたな。

確実に魔法が当たったはずなのに、敵の体には傷一つなくピンピンとしているようだった。

「厄介《やっかい》ですね。どうやら、このゴーレムは魔法耐性が高い種族のようです」

たしかに面倒な敵だな。

マスティも、クロエも、明らかに魔法攻撃を得意とする後衛タイプの冒険者である。

ただでさえ、頑丈なゴーレムが強力な魔法耐性を持っているのだとしたら、俺たちにとって、天敵となり得る存在だ。

「ウゴッ！」

ダークゴーレムの攻撃。

両腕を伸ばしたダークゴーレムは、予想外の攻撃を仕掛けてくる。

この敵、遠距離攻撃も持っていたのか……。

狙いは、俺たちパーティーの中で、最も戦闘能力の低い、ティアのようだ。

的確に弱点を衝《つ》いてくるあたり、それなりに知能も発達しているようだな。

「とりゃあっ！　ボクの発明品の出番ッスよ！」

助けに入ろうと思ったが、ティアの表情を見る限り、特にその必要はなさそうである。

「秘密兵器！　ジャットリュック！」

おお。これは凄いな。

ティアの発明品には、いつも驚かされる。

どうやらティアのリュックには、特殊な燃料（？）を搭載《とうさい》していたらしい。

「ふふふ。遅いッスよ！」

リュックから噴出されるジェットの力を借りたティアは、ヒラリと宙を舞う。

発明品の力を借りて、ダークゴーレムの不意打ちを見事に躱《かわ》すことに成功したようだ。

「……なるほど。流石《さすが》はアイザワ・ユーリが見込んだ娘だ。彼女もまた、只者《ただもの》ではないということか」

ティアの活躍を目にしたクロエは、感心した様子で呟《つぶや》いた。

いやいやいや。

クロエのやつ、何か勘違いをしているぞ？

ティアと一緒にいるのは、別に冒険者としての実力を見込んでいるわけではないのだけれどな。

「仕方がありません。ここからは、少し作戦を変えることにしましょう！」

俺たちの中にあった不穏な流れを断ち切ったのは、マスティであった。

「氷檻《アイスケージ》」

マスティが使用したのは、今まで見たことがない種類の水魔法であった。

「ウゴッ……!?」

なるほど。
相手を拘束《こうそく》する氷の魔法か。考えたな。
敵を破壊することはできなくても、無力化をすることができると踏んだわけか。
氷の檻《おり》に閉じ込められたダークゴーレムは、身動きが取れずに呻《うま》き声を漏《も》らしているようであった。

「屈辱《くつじょく》ですが、仕方がありません。魔法を使っての討伐《とうばつ》は困難です。ここは適当に足止めをして、先に進むのが賢い選択というものでしょう」

たしかに探索を続けることだけが目的であれば、道中の敵は無視していくのが正解なのかもしれない。

だがしかし。

俺たちの目的は、武器の素材となる鉱石を集めることにあるのだ。

ゴーレム系のモンスターは、鉱石のアイテムがドロップする可能性が高いことで知られている。

俺たちとしては、途中に出てくる敵たちは、できる限り倒しておきたいところである。

「いや。魔法でもたぶん、簡単に倒すことができると思うぞ」

「なっ……？　それは確かなのでしょうね!?」

俺の言葉を聞いたマスティは、半信半疑の様子で言葉を返す。

「そこまで言うなら、聞いてあげましょう！　あのゴーレムの堅牢《けんろう》な守備を、魔法でどうやって突破するというのですか!?」

こういうのは口で説明するよりも、実際に見せてやるのが早いだろう。

幸いにもダークゴーレムは、氷漬けになって身動きが取れなくなっているところなのだ。

ゆっくりと敵に近付いた俺は、そこで魔法を発動する。

「負傷回復《ハイヒール》」

俺が使用したのは聖属性魔法（中級）に位置する負傷回復《ハイヒール》であった。

おそらく、闇属性のモンスターに対して、聖属性の魔法が有効になるはずである。

以前にもスカルドラゴンと戦った時は、回復魔法が攻撃手段になったことがあったのだ。

「ウゴッ！　ウゴオオオ!?」

やっぱり、思っていた通りだ。

俺の回復魔法を浴びたダークゴーレムは断末魔《だんまつま》の叫びを残して、粉々に砕け散ることになった。

「なっ……。これは聖魔法……!?」

俺の思い過ごしだろうか？

俺の聖魔法を目《ま》の当たりにしたマスティは、目を見開いて驚愕《きょうがく》しているようであった。

「……アイザワ・ユーリ。驚きましたよ。よもや貴方《あなた》が希少な聖魔法の使い手であったとはね」

今まで以上に感嘆《かんたん》した様子で、マスティは言葉を紡《つむ》ぐ。

「ん？　もしかして、聖魔法を使うのって、珍しいことなのか？」

「当たり前です！　聖魔法の適性者は、確率にして一万人に一人ともいわれています。しかも、これほど強力な使い手ともなると、その希少性は天文学的な数字となるでしょう！」

そうだったのか。

たしか、前にも似たようなことを言われたことがあったような気がするな。

聖魔法の使い手は、マスティのようなAランクの魔法使いからしても、珍しいものだったらしい。

「えーっと……。ボクの見間違いでなければ、この辺りに……」

俺たちが会話をしている最中、ティアは地面に散らばったダークゴーレムの破片を調べているようだった。

「あっ！　見てください！　ユーリさん！」

ティアが何か見つけたようだ。

闇の鉱石　等級B
(禍々《まがまが》しい闇の力を秘めた鉱石)

ふうむ。どうやらダークゴーレムがドロップするアイテムは、Bランクの『闇の鉱石』であるらしい。

「この鉱石じゃ、ダメなんだよな？」

「ええ。この鉱石でも十分に強い剣は作れそうですが、前に手に入れたミスリル鉱石とそう変わらないと思います」

たしかに、闇の鉱石のランクはＢだ。

前にインテリドワーフが見せてきたＡランクの武器には、勝つことが難しそうである。

俺たちの目的は、あくまで伝説の存在とされている『聖魔の鉱石』を手に入れることなのだ。

中途半端な素材を集めても、あまり意味はないのかもしれないな。


〜〜〜〜〜〜〜〜〜〜〜〜〜〜〜〜〜〜〜〜


それから。

俺たちは北の鉱山の探索を続けていた。

途中にダークゴーレムが何体か現れたものの、これについては何の問題もなく討伐《とうばつ》することに成功している。

「氷檻《アイスケージ》」「氷拘束《アイスバインド》！」

二人が水魔法で動きを封じて、俺が聖魔法によって止《とど》めを刺す。

俺たちパーティーの間には、自然とそういう役割分担ができあがっていた。

闇の鉱石　等級B
（禍々しい闇の力を秘めた鉱石）
闇の鉱石　等級B
（禍々しい闇の力を秘めた鉱石）
闇の鉱石　等級B
（禍々しい闇の力を秘めた鉱石）

暫《しばら》く探索を続けていくと、瞬く間のうちにリュックの中は《闇の鉱石》で一杯になっていた。

「うーん。ダメです。どれもこれも普通の鉱石ッスね」

ドロップした鉱石をマジマジと見つめながらも、ティアは呟《つぶや》く。

「……Bランクの鉱石を『普通』呼ばわりか。随分《ずいぶん》と感覚が麻痺《まひ》しているような気がするな」

やや冷ややかな目線で、クロエは言った。

クロエの言っていることも分かる。

普通に考えれば、Ｂランクの素材というのは一般人には手が届かないような高級素材だ。

これが通常のクエストであれば、既に大戦果といっても良い収穫を上げているわけだが……。

俺たちの目的はあくまで伝説の鉱石を入手することにあるのだ。

Ｂランクの素材をいくら入手したところで、素直に喜べない面もある。

【スキル：聖魔法（超級）を獲得しました】

おお。

聖魔法を立て続けに使用したおかげだろう。

ステータス画面を確認すると、聖属性魔法（超級）のスキルを獲得していた。

「ユーリさん。気を付けた方が良いです。この奥からは、嫌なにおいがしてきます！」

「？　どうしてそんなことが分かるんだ？」

「ボクたちドワーフは、鼻が利《き》く種族ですから！　目では見えていなくても、敵の臭《にお》いは、なんとなく分かるんですよ！」

なるほど。

手先が器用という以外にも、ドワーフにはそんな特技があったのか。

戦闘には参加できなくても、ティアと一緒に冒険すると何かと心強い面が多いな。

さて。

ティアに注意を受けて、用心をしながら鉱山の奥に足を踏み入れる。

「ん？　これは一体……」

先頭を歩くクロエが疑問の声を上げる。

一瞬、俺も目の前で何が起きているのか、理解が追いついていなかった。

俺たちの前に広がるのは、紫色をした大量の岩石であった。

「ま、まさか……。ここにいるのが全て敵だというのですか!?」

マスティの推測は当たっていた。

眠りについているダークゴーレムは、普通の岩とあまり変わらない姿をしている。

アナライズのスキルを発動してみると、改めて、この状況の異様さが理解できる。

ダークゴーレム　等級Ｂ　ダークゴーレム　等級Ｂ　ダークゴーレム　等級Ｂ
ダークゴーレム　等級Ｂ　ダークゴーレム　等級Ｂ　ダークゴーレム　等級Ｂ
ダークゴーレム　等級Ｂ　ダークゴーレム　等級Ｂ　ダークゴーレム　等級Ｂ
ダークゴーレム　等級Ｂ　ダークゴーレム　等級Ｂ　ダークゴーレム　等級Ｂ
ダークゴーレム　等級Ｂ　ダークゴーレム　等級Ｂ　ダークゴーレム　等級Ｂ

ザッと確認するだけで、敵の数は十体を超えているだろうか。

Ｂランクのモンスターが、これだけ数を揃えているのを見るのは初めてのことである。


「ウゴッ……！」


まずいぞ。

ダークゴーレムたちが目を覚ましたみたいである。

この数のダークゴーレムを正面から相手にするのは、流石《さすが》に今のパーティーでも厳しい気がする。

「クッ……。こうも数が多いと……！」

「足止めの魔法が追いつかないぞ……！」

すかさず氷魔法で応戦するマスティとクロエであったが、焼け石に水のようだった。

圧倒的な物量によって、氷の壁を突破してきたダークゴーレムたちは、俺たちに向かって迫りくる。

仕方がない。

賭《か》けになるかもしれないが、『アレ』を使う必要がありそうだ。

「聖なる槍《ホーリースピア》」

そこで俺が使用したのは聖属性魔法（超級）に位置する『聖なる槍《ホーリースピア》』の魔法であった。

この魔法は、治癒《ちゆ》系の魔法が多い聖魔法の中にあって、貴重な広範囲殲滅《せんめつ》系の攻撃魔法であった。

初めて使う魔法なので、上手《うま》くいくかは分からないが、他に有効な手段がない以上、リスク

をおかすしかなさそうだ。

ズガッ！　ズガガガアアアン！

俺が呪文を唱えた次の瞬間。

俺の周囲に無数の光の槍が浮かび上がり、敵の集団に向かって飛んでいく。

おお。これは凄《すご》いな。

本来、聖属性魔法は、攻撃に向かない属性とされているのだが、『超級』のレベルにもなると相当に威力が上がっているようである。

「「「ウゴアア!?」」」

至近距離で光の槍に貫かれることになったダークゴーレムは、断末魔《だんまつま》の叫びを残して、光の中に消えていった。

「な、なんという威力……！　これほどまでの聖魔法の使い手が存在していたとは……！　神の奇跡だ！」

俺の魔法を前にしたマスティは、何やら感銘《かんめい》を受けているようであった。

さて。大量のダークゴーレムを処理したことによって、俺たちの周囲には大量の素材が転がった。

ふうむ。

この鉱石の中に目当ての品があれば良いのだが、数が多いとはいっても、倒したモンスターは今までと変わらないダークゴーレムだからな。

あまり戦果には期待ができないかもしれない。

「えっ。この鉱石の匂《にお》いは……!?」

ティアの様子がおかしい。何やら異変を察知したようである。

足取りを早くしたティアは、産卵したダークゴーレムの破片を掘り起こしていく。

「こ、この魔石は!?」

そのアイテムの存在に気付いたティアは、感嘆《かんたん》の声を上げる。

無数の『闇の鉱石』の中にあって、一つだけ、異様な輝きを放っているアイテムがあった。

聖魔の鉱石　等級ＳＳ
（光と闇の力を併せ持った奇跡の鉱石）

おお。これが探していた『聖魔の鉱石』か。

等級ＳＳランクの素材を見るのは、この世界に転生してからは初めてのような気がするぞ。

「うおおおおおおおおおおおおおおおおおおおおおおおおおお！　やったッス！　ついに『聖魔の鉱石』を手に入れたッスよおおおおおおおおおおおおおおおおおお！」

感極まったティアが、俺の胸の中に飛び込んでくる。

むう。結構なパワーだ。

小柄に見えてティアは、意外とずっしりとした骨格をしているようだな。

鍛えれば良い戦士になるかもしれない。

「でも、どうして急にドロップしたんだろうか？」

不思議な話である。

普通に考えて、Bランクのモンスターから、SSランクのアイテムがドロップするものなのだろうか？

低確率でドロップするものだったのだろうか？

それにしても、SSランクのアイテムにしては、簡単に入手できすぎのような気がする。

「おそらくだが……」

頭に浮かんだ俺の疑問に応えるようにして、クロエは言った。

「聖魔の鉱石の入手条件は、『強力な聖魔法でダークゴーレムを使用した時にのみ、低確率で落ちる』というものだったのだろう」

「なるほど」

そういう条件があるのだとしたら、ＳＳランクという入手難易度にも納得がいくな。
もともと聖魔法の使い手は、この世界では極端に少ないらしいのだ。
倒し方にまで条件があるのだとしたら、この『聖魔の鉱石』が『伝説の鉱石』と呼ばれるのも無理はないかもしれないな。

「いつの時代も傑出《けっしゅつ》した英雄は、類《たぐい》まれな『強運』を持っていると聞くが……。アイザワ・ユーリ。この男はもしかすると……」

俺たちの会話を聞いていたマスティは、ポツリとそんな意味深の台詞《せりふ》を口にするのだった。

アイザワ・ユーリ
固有能力　魔帝の記憶　剣聖の記憶　英雄の記憶
スキル　剣術（超級）　火魔法（超級）　水魔法（超級）　風魔法（上級）　聖魔法（超級）
呪魔法（超級）　無属性魔法（上級）　付与魔法（上級）　テイミング（超級）　アナライズ　釣り（初級）

8話　サリエルの本気

それから。

目的の『聖魔の鉱石』を入手した俺たちは、そのまま鉱山の探索を再開することにした。

「良いのか。アイザワ・ユーリ。お前たちの目的は達成したのだ。無理してついてくる必要はないのだぞ？」

隣を歩くクロエが心配そうに尋ねてくる。

「いや。ここまで付き合ったんだ。最後まで協力するさ」

自分の目的を達成したからといって、直ぐに帰るのは、非情というものだろう。

どうやらクロエたちの目的は、この鉱山に発生している闇の魔力の『発生源』を特定することにあるようだ。

たしかに目的は達成したが、火の都を取り巻く問題が解決したわけではない。

俺としても、今回の事件が気になっていたところだったのだ。

「グッ……。しかし、この瘴気《しょうき》の中にいると体力の消耗《しょうもう》が激しいな……」

「なんだか頭がフラフラしてきたッス……」

おそらく闇の魔力の『発生源』とやらが近づいてきている証拠なのだろう。

この感じは、水の都で起きたものと酷似《こくじ》している。

探索を続けていくと、クロエとティアが明らかに疲弊《ひへい》しているのが分かった。

「おやおや。だらしないですねぇ。やはりBランクのクロエには、今回のクエストは荷が重かったということですか」

この過酷な状況下にあってマスティは、平然とした様子であった。

流石《さすが》はAランク冒険者のマスティだ。

他のパーティーメンバーと比べて、やはり頭一つ抜けた実力を持っているようである。

「クッ……。言っておくが、ワタシは戦えるぞ。少し体調が悪くなっただけだ」

「自分は……。そろそろ限界かもしれないッス……」

ぬう。流石に無理をさせすぎていたかもしれないな。

Ｂランク冒険者のクロエはともかく、ティアに関しては休ませてあげた方が良さそうである。

「ライム。サポートを頼んだぞ！」

「キュッ！」

俺の言葉を受けたライムは、持ち前の変身能力を活《い》かして、瞬く間に姿を変えていく。

最終的にライムは、四脚のベッドの姿に形を変えていく。

「こ、これは……!?」

唐突《とうとつ》に現れたフカフカのベッドを前にしてティアは、戸惑いの表情を浮かべている。

「ライム特製のベッドだ。ここで暫《しばら》く休んでおいてくれ」

「了解しました。感謝ッス。ユーリさん。ライムちゃん」

「キュー！」


このベッドは、移動能力が付属している特別製だ。

無数に伸びた脚は伸縮自在。

素早く歩くことができるので、休憩《きゆうけい》しながら移動することができるのだ。

「うわっ……。なんだっ。その気味の悪い動きは……」

ガサガサと虫のように移動するライム（移動式ベッドモード）を目《ま》の当たりにしたクロエは、引き攣《つ》った表情を浮かべていた。

「……アイザワ・ユーリ。やはり彼は、ワタシのデータでは測れないイレギュラーな存在のようだ」

ライムの活躍を前にしたマスティは冷静なコメントを残していた。

なんだか二人とも、驚くことにも飽《あ》きたような様子だな。

「さて。どうやら、この向こうが闇の魔力の発生源となっているようですね。総員、気を引き締めて向かいますよ」

マスティの言う通り、この細道を抜けた先の場所に闇の魔力が最も濃い場所があるようだ。

警戒心を高めながら、進んでいく。

と、そこで俺たちの前に待ち構えていたのは、この世のものとは思えない異様な光景であった。

「待っていましたよ。アイザワ・ユーリ」

サリエル
性別　男
種族　堕天使
年齢　９３３

この男は、たしか、以前に水の都で戦った魔族だな。

やはり、生きていたのか。

男の名前はサリエル。

闇の組織『ナンバーズ』に所属する最強クラスの魔族だ。

前に戦った時は辛《から》くも勝利することができたが、まったく油断できない。

たしか以前の戦闘の時の、この男は、分身体で、実力の半分くらいしか出していなかったのだ。


「……ったく。遅いぞ。ようやく来てくれたのか。ユーリ」

フレア
種族　精霊
性別　女
年齢　？？？

サリエルの隣には、闇の魔力によって縛《しば》られている赤髪の美女がいた。

なんというか、懐かしい声だ。

何故だろう。

そうだ。俺はこの女の名前を知っている。

「フレア……。そうか……。お前だったのか」


思い出した。

瞬間、俺の脳裏《のうり》に前世の記憶のピースが流れ込んでくる。

彼女の名前はフレア。

前世の《魔帝》の時代に長らく、パーティーメンバーを組んでいた仲間の一人である。

夢のお告げの中に出てきて、俺を《ネットリア》に招いたのも彼女の思惑だったのだろう。


「あ、あの男はまずい……。一刻も早く、倒さなければ……」


緊迫した場面の中にあって、最初に動いたのはクロエであった。

クロエのやつ、かなり取り乱しているようだな。

勇気を出して攻撃に踏み切った、という感じではない。

少しでも早く恐怖から解放されたい一心で、暴走しているようであった。

「クロエ！　ダメです！」

「火炎連弾《バーニングブレッド》！」

マスティが止めに入ったにもかかわらず、クロエの攻撃は止まらなかった。

けれども、その魔法にはいつものような迫力がない。

周囲の魔力が薄くなっているということもあるのだろう。

だが、それ以上に恐怖による動揺《どうよう》もあってか、威力が本来の実力の半分以下に落ちているようだった。

「やれやれ。小虫たちが五月蝿《うるさ》いようですね」

次にサリエルの取った行動は、俺たちを更なる絶望に突き落とすものであった。

「…………!?」

サリエルがフッと息を吐きかけたその直後。

クロエの炎の魔法はたちどころに勢いを失って、消え失せることになったのだ。

驚いたな。

どういう手品を使ったのだろうか？

いくら威力が落ちているとはいっても、魔法を息で消すなんて聞いたことがないぞ。


「さて。そろそろ決着をつけることにしましょうか」


臨戦態勢に入ったサリエルが、パチンと指を鳴らした次の瞬間。

俺たちに向かってくるプレッシャーが明らかに増したような気がした。


「アガッ……。ガガガッ……」


参ったな。どうやらクロエが気を失ってしまったようである。

だが、無理もない。

サリエルと対峙《たいじ》してからというもの闇の魔力の濃度は、ケタ違いに濃くなっているのだ。

むしろ今まで、よく耐えていた方だと思う。

マスティの言う通り、クロエの実力は、既にＢランクに収まるものではないのかもしれない。

今回ばかりは相手が悪かったということだろう。

「ライム。クロエを連れて、安全な場所に逃げてくれ！」

何はともあれ、仲間たちの安全は最優先に確保する必要がある。

どうやらティアは、クロエよりも早いタイミングで意識を失っているようである。

戦うことのできない二人は、早めに安全な場所に行ってもらった方が良さそうである。

「キュッ！」

ダブルベッドのサイズに形を変えたライムは、クロエを寝かせて、脱出を開始してくれたようだ。

よしっ。

これで懸念《けねん》していた問題は片付けることができたみたいだな。

「アイザワ・ユーリ。手出しは無用ですよ。奴の首はワタシが取る」

んん？　これは一体どういうことだろうか？

強気に前に出たマスティは、俺の協力を拒《こば》んでいるようであった。

「一人で戦うのか？　流石《さすが》にそれは無茶だぞ？」

「……分かっています。敵の力量を正確に測ることもAランク冒険者に必要なスキルですから。奴は明らかにワタシより格上の相手！　だが、それでも、ワタシは奴を単独で倒さなければならないのです！」

むう。何やら深い事情があるみたいだな。

こんなに感情を剝《む》き出《だ》しにしているマスティを見るのは、初めてのことである。

「理由を聞いても良いか？」

「ワタシの妹は魔族に殺された！　ワタシがエルフの村を出て、冒険者をしているのも全ては魔族に復讐《ふくしゅう》するためなのですよ！」

なるほど。そういう事情があったのか。

危険な敵ではあるが、マスティの冒険者としての実力は本物だ。

ここは俺がサポートに回って、様子を見ても良いのかもしれない。

「Aランク冒険者。マスティ・ブラウラー。参る！」

素早く地面を蹴《け》ったマスティは、敵に向かって接近していく。

「秘技。風馬烈脚！」

迅《はや》いな。

おそらく足元に纏《まと》わせた風の魔法が関係しているのだろう。

素早く、不規則で移動を続けるマスティの動きは、目で追うのが難しいものであった。

「ふっ。どうだ！　ワタシの移動術は！　十年かけて改良を重ねてきた奥義《おうぎ》だ！　魔族の貴様でも、簡単にはついてこられまい！」

たしかに凄《すご》い技だ。

まるで重力を操るかのようにして、壁と天井の間を素早く行き来したマスティは、少しずつ敵と距離を詰めているようだ。

心なしかサリエルも、マスティのスピードを前にして圧倒されているようにも見える。

「妹のカタキだああ！」

敵を討つには好機と踏んだのだろう。

背後を取ったマスティは、手にした剣で渾身《こんしん》の一撃を浴びせにかかる。

「くだらん」

だがしかし、そこで予想外のことが起こった。

サリエルは、たったの、二本の指で剣を挟んで、攻撃を防いでしまったのである。

「妹？　復讐？　ワタシはそういった低次元の話には興味がないのですよ」

サリエルの反撃。

といっても、果たしてコレを攻撃と呼んで良いものか分からない。

サリエルが両目で睨《にら》んだ次の瞬間、闇の魔力が衝撃波となって、マスティに襲いかかる。

「カハッ……！」

吹き飛ばされて、勢い良く壁に叩きつけられたマスティは、大きなダメージを受けているようであった。

まずいぞ。

咄嗟《とっさ》に防御魔法を発動して、致命傷は回避できたようだが、既に戦えるような状態ではなかった。

虫の息という感じである。

「どうして貴方《あなた》が今まで戦えていたのか、理由を教えてあげましょうか？」

「アガッ……。ガアアアッ……」

歴然としている実力差を前にして、絶望の表情を浮かべるマスティを前にして、サリエルは続ける。

「記念に少し、喋《しゃべ》らせてあげているのですよ。あまり早く戦いが終わってしまっても、興醒《きょうざ》めですので」

強いな。やはりサリエルの力は圧倒的だ。

俺が今まで戦ってきた魔族たちと比較をしても、その戦闘能力は桁違《けたちが》いのレベルに達しているといってよい。

普通の魔族であれば、十分に戦えるくらいにはマスティも強かったが、今回に関しては相手が悪すぎたといえるだろう。

〰〰〰〰〰〰〰〰〰〰

さて。これで後は、俺とサリエルの一対一の戦いになった。

「久しぶりですねえ。アイザワ・ユーリ。貴方に会える時を心待ちにしていましたよ」

俺の方を見るなり、改まった口調で、サリエルは切り出した。

その眼差《まなざ》しからは、隠しきれない憎悪の色が滲《にじ》み出ているようであった。

「貴方に敗北を喫《きっ》してからというもの、ワタシのキャリアは散々なものでした。これほど惨《みじ》めな想いをしたのは初めてです。このままでは『あの方』の信頼を失い、栄誉ある【04】の数字を剥奪《はくだつ》されてしまうかもしれません」

なるほど。敵にも色々と都合があるみたいだな。

前世の記憶を辿《たど》って考えてみると、昔俺が所属していたことのある『ナンバーズ』という組織は様々な自由を剥奪されていた息苦しい場所であった。

おそらく、連続しての失敗を許すほど生温《なまぬる》いものでないのだろう。

今回の戦闘では、前回のような『分身体』ではなく、全力のサリエルと戦うことになりそうだ。

「貴方を殺し『あのお方』からの信頼を取り戻す！　それこそがワタシに残された唯一の道なのですよ！」

高らかに叫んだサリエルは、素早く俺に向かってくる。

迅いな。

こうして対峙《たいじ》してみると、否《いや》が応《おう》でも痛感する。

当たり前だが、前に戦った『分身』と比べて遥《はる》かに力を増しているようだった。

だがしかし。

前に戦った時と比べて、成長しているのは俺も同じだ。

今のところ勝負は互角。

俺の剣とサリエルが取り出した鎌は激しくぶつかり、薄暗い闇の中で火花を散らす。

「ふふふ！　流石はナンバーゼロと呼ばれた男だ。このままでは埒《らち》が明かないようですね」

サリエルが距離を取って、攻撃の手を緩《ゆる》めてきた。

何か仕掛けてくるつもりだな。

俺がそんなことを考えていた直後に異変が起きた。

サリエルの背中からは片翼の漆黒《しっこく》の翼が生えて、禍々《まがまが》しい形状に姿を変えていく。

「フフフ！　ハハハハハハハハハ！　どうだ！　これこそが、ワタシが真の姿だ！　さて。

貴方はワタシの本気についてこられるかな?」


なるほど。

これが正真正銘《しょうしんしょうめい》のサリエルの本気というわけか。

たしかにサリエルから放たれるプレッシャーが、更に増したような感じである。

心なしか、周辺に漂う魔力も薄くなり、闇の魔力も強まっているような気がするぞ。


「破ァ!」


背中から片翼を生やしたサリエルが、俺に向かってくる。

迅いな。

今まで戦った魔族たちの第二形態は、どちらかというと体が大きくなってスピードが遅くなる傾向にあった。

だがしかし。

サリエルの変身はシャープな形状を崩していない。

パワーもそうだが、純粋にスピードが大幅に強化されている感じだ。

このスピードは、全力の俺でも対応しきれないかもしれない。

「おやおや。先程までの威勢はどうしたのですか？　元気がありませんねえ」

「クッ……」

何かがおかしい。

たしかに押されているとはいっても、致命傷となるダメージは、避けられているはずである。

だがしかし。

どういうわけか体が重くなり、徐々に言うことを利《き》かなくなってきているのだ。

特に魔法の類《たぐい》を使われているというわけではないようだ。

となると、怪しいのは、敵の使っている武器である。

死神の大鎌　等級Ｓ
（ダメージを与えた対象の傷口から血液を吸収する鎌。血を集めると切れ味を増す効果がある）

なるほど。

どうやらサリエルの武器には、対象の血液を吸収する能力があるようだな。

この疲労は、少しずつ、血液を吸われたから出ているものなのだろう。

「遅い！　遅いですよ！　アイザワ・ユーリ！」

この勝負、長期戦になると不利になるだろうな。

仮に俺とサリエルの戦闘能力が互角だったと仮定しても、武器性能の差で押し負けてしまいそうだ。

何か。

何か、策はないか。

このまま戦っていても、ジリジリと追い詰められていくのは目に見えている。

【スキル：風魔法（超級）を獲得しました】

その時、俺はステータス画面に、新しく習得したスキルが浮かんでいるのを発見する。

んん？　どういうことだ？

一体どのタイミングで、風魔法の新しいスキルを獲得したというのだろう？

過去の記憶を回想してみる。

そうか。

たしか、風魔法の習得条件は、他人の風魔法を目にすること、だったな。

マスティの風魔法を利用した移動術を目にしたことで、熟練度が上がって、獲得条件を満たしたのだろう。


「フハハ！　死ねえええええええええええええええええええええ！」


勝利を確信したマスティが、大きな鎌を携《たずさ》え、空を駆ける。

大丈夫。

過去の記憶を思い出せ。

前世の俺はどんな逆境があっても負けない最強の戦士だったはずだ。

たしかに敵は強いが、今の俺のポテンシャルをフル動員していけば、決して倒せない相手ではないはずだ。


「なっ――――！　消えた――――!?」

別に消えたわけではないぞ。

動き方に、少し、工夫《くふう》を加えてみただけである。

「貴様ァ……！　その動きは……！」

どうやらサリエルも気付いているようだな。

そう。

俺はマスティが使っていた移動術を、自分なりにアレンジして使ってみたのだ。

「貴様たち人間はいつもそうだ！　弱いくせに！　仲間と群れて、小細工《こざいく》を仕掛けてくるのだ！　忌々《いまいま》しく鬱陶《うっとう》しい！」

いや、違うな。

単独行動を好んでいる魔族とは違い、協力するからこそ人間は強いのだ。

サリエルは小細工と吐き捨てるが、戦闘の最中にも成長できることが人間の長所である。

寿命《じゅみょう》の長い魔族は、『成長のスピード』という面において、人間に劣後《れつご》することが多いのだ。

「シャアアアアアア！」

全速力で攻撃を仕掛けてくるサリエルであったが、新しく習得した移動術のおかげで避けることができた。

それにしても便利だな。このマスティの技。

名前はたしか、『風馬烈脚』といったか。

マスティが先に戦ってくれたおかげで、思いも寄らないところで活路を開くことができたみたいだ。


「クッ！　ちょこまかと！」


どうやらマスティの技のおかげで、僅《わず》かにだが、俺のスピードが上回ったようである。

だがしかし。

魔法を使って移動スピードを上げたところで今回の敵は、そう簡単に倒せるわけではないような気がする。

この技で撹乱《かくらん》できるのは、おそらく短時間の間だけだろう。

相手が俺の動きに慣れていないうちに勝負をつけなければならない。

「剣聖秘奥義《けんせいひおうぎ》！　四ノ型――《風神の息吹》！」


剣聖秘奥義とは、《剣聖》時代に俺が編み出した、合計で七つの剣技である。

その難易度は、数字ごとに上がっていく。

全部で七つある剣聖秘奥義の中でも四ノ型は最速の剣技である。

この剣技は、相手に斬られたことを悟らせないほど素早い。

斬られた相手はまるで息を吹きかけられたかのように感覚のないまま、致命的ダメージを受けることになるのだ。


「グボアッ……！」


閃光《せんこう》のように素早い剣が、サリエルを強襲する。

掌《てのひら》の中に、確かな手ごたえが残っている。

これだけの技を与えたのだ。

いくら相手が強いとはいっても、無事では済まないはずである。


「グッ！　これしきの技で……！」

おいおい。
今の攻撃を受けても倒せないのか。
斬られたはずのサリエルの体が、高速で再生しているのが分かる。
もっと素早く。
敵の再生能力が追いつかないレベルで攻撃をしなければ――。
この男を倒すことはできないということか。

「殺す！　殺してやる！　必ずや、貴様を殺して、ワタシは『あの方』からの信頼を取り戻すのだ！」

それから気の抜けない攻防は続いた。
だがしかし。
先程までと比べて、心なしか、サリエルの戦闘能力が落ちているような気がする。
単にダメージを受けたから、というわけではなさそうだ。
何故だろう。
心なしかサリエルからは、何か『焦り』のようなものを感じるのだ。

戦闘時のパフォーマンスがメンタルに大きく左右されるのは、人間だけではなく、魔族も同じことなのだろう。

なんにせよ、この状況はチャンスだ。

「剣聖秘奥義！　三ノ型――《三叉連撃《トライデントクロス》》！」

そこで俺が使用したのは、現時点で俺が使うことのできる最大威力の剣技であった。

三ノ型――《三叉連撃《トライデントクロス》》は、全力の一撃を同時に三回与えてやるという、ある種の矛盾《むじゅん》を孕《はら》んだ剣技である。

先程の《風神の息吹》がスピードに特化した技だとしたら、こちらの《三叉連撃《トライデントクロス》》は威力に特化した技である。

この攻撃を受けた敵は、前世の記憶を遡《さかのぼ》っても存在していなかったはず。

流石《さすが》にこれで決着はついただろう。

「グハッ！　グバアアア！」

会心の一撃を与えた手応えがあった。
俺の攻撃を受けたサリエルの体は、そのまま壁の中に深くめり込んでいった。

「はぁ……はぁ……」

凄《すご》いな。今度こそ倒したかと思っていたのだが、まだ、生きているようだ。
流石に満身創痍《まんしんそうい》だが、意識は残っているようだな。
ゆっくりではあるが、受けているダメージが回復しているようである。

「グゾッ……。ワ、ワタシは負けるわけには……。まだ……負けてはいない……」

瀕死《ひんし》の状態になってもサリエルは立ち上がり、俺に向かってきた。
だが、客観的に見て、サリエルはもう戦える状態ではなかった。
見ていて、少し、心苦しさすらも感じてくる。

「殺す……。殺してやる……」

強気の態度こそは崩していないのだが、サリエルの動きには、先程までのキレ味は微塵《みじん》も感じられない。

この状態で俺と戦っても、勝ち目はまったくなさそうだ。

一体、何がサリエルをそこまで衝《つ》き動かしているのだろうか？　この辺りには、色々と深い事情がありそうだな。

『もういいです。見苦しいですよ』

異変が起きたのは、俺がそんなことを考えていた直後のことであった。

「あ……。あああ……。ゼスティス様……。ワタシはまだ戦えます……」

先程までの強気な態度から一転。

突如として何者かと会話を始めたサリエルの態度は、急激に弱弱しいものになっていた。

『黙れ。我々の組織に、負け犬は不要なのですよ』

この声は一体何なのだろう。

どこからともなく聞こえてくる男の声は、不安の感情を掻《か》き立てる不気味なものであった。


「グハッ……！　ガアアア……！」


おいおい。これは一体、どういうことだろうか。

突如としてサリエルの首筋から、紫色の光が放ち始める。

異変が起きたサリエルは、首を絞《し》められたかのように、もがき苦しんでいる。

疑問に思った俺は、すかさずそこでアナライズのスキルを発動してみる。

支配の首輪　等級？？？
（呪属性によって作られた首輪。対象の自由を剥奪《はくだつ》して、生殺与奪《せいさつよだつ》の権を得る）

なるほど。

どうやらサリエルがダメージを受けているのは、『支配の首輪』という魔法が原因だったみたいだな。

この魔法には、俺も嫌な思い出があった。

支配された人間は、支配する人間の言葉に絶対服従するようになってしまうのだ。

解除する方法は、俺の知る限り一つしか存在していない。

特別な方法を用いて、人生をゼロからやり直すことだ。

そう。俺が前世で『転生』を求めた理由は、この『支配の首輪』を解除することが最大の目的だったのだ。


『はぁ……。嫌ですね。醜《みにく》いものは。美しくないものは我々の組織には必要ありません』

「お許しください！　ゼスティス様！」

『……残念ながら、貴方《あなた》はもう用済みなのですよ』


何者かの声が聞こえたその直後、サリエルの体に変化が起きた。

紫色に光っていた首輪はやがて、鎖となって全身を駆け巡り、サリエルの体を蝕《むしば》んでいく。

「ぐあっ！　ぐああ！」

断末魔《だんまつま》の叫びを残したサリエルの体は、『支配の首輪』に呑《の》み込まれて、見るも無残に破壊されていった。

おいおい。

なんだか、大変なことになっているみたいだぞ。

組織に尽くしてきた男に対して、惨《むご》い仕打ちである。

だが、少し、思い出してきた。

俺が所属していた頃のナンバーズも、この世のものとは思えないくらいに不自由で、理不尽な組織だったような気がする。

「ふふふ。久しぶりですね。アイザワ・ユーリ」

「…………!?」

朽《く》ち果てたサリエルの肉体を食い破って現れたのは、金色の長髪の、一人の男であった。

「いえ、昔のようにゼロと呼んだ方が良いでしょうか」

何故だろう。

この男の声を聞いていると、妙に心がザワつくんだよな。

そうだ。俺はこの男の名前を知っている。

「ククク。思い出してくれたみたいですね。素晴らしい！　今日という日は、美しい記憶として永久にワタシの脳髄《のうずい》に刻まれることになるでしょう。まさか組織が生み出した最高傑作《けっさく》を取り戻せる日がくるとは思ってもいなかったですよ！」

手段は分からないが、俺の記憶が蘇《よみがえ》ったことを悟ったのだろう。
金髪の男、ゼスティスは、何か意味深な笑みを浮かべている。
だが、こうやって敵が油断している今が最大のチャンスかもしれない。
そう考えた俺は、地面を強く蹴《け》って、悠長《ゆうちょう》に喋《しゃべ》る敵を斬りつけてやることにした。

「――――ッ！」

コイツ、実体がないのか。
確実に致命的ダメージを与えたにもかかわらず、俺の手の中に残っていたのは空虚な手応えだけであった。

「おっと。ワタシを倒そうとしても無駄ですよ。ここにいるワタシは所詮《しょせん》、この世界に無数に存在する虚像に過ぎないのです」

体を引き裂かれながらもゼスティスの表情からは、余裕が崩れることはなかった。

「ゼロ。貴方はワタシのものだ。楽しみにしていますよ。貴方から自由を奪い、再び、首輪を繋げるその日をね」

挑発的な言葉を残したゼスティスの体は、闇の中に消えていった。
ゼスティス。この男は危険だ。
何を隠そう前世の俺は、この男にハメられて、散々な目に遭《あ》わされてきたのだ。
この世界で俺が自由に生きていくためには、避けては通れない、大きな障害になりそうな気がする。

「ユーリ……。信じていたぜ。お前なら、絶対に助けに来てくれるって」

フレア

種族　精霊
性別　女
年齢　？.？.？

勝負に決着がついたところで、懐かしい人物に声をかけられる。

フレアだ。少しずつだが、記憶が蘇ってきた。

この女、フレアは、前世の《剣聖》時代に連れ添った仲間であった。

炎の魔法と剣術を得意とするフレアは、俺と同じくパーティーの前衛を務めることの多いやつだった。

フレアに背中を預けて、切り抜けてきた窮地《きゅうち》は、両手の指では数えきれないくらいには存在していた。


「ちょっと待ってな。今、体を治すからよ」


ダメージを受けていたフレアの肉体は、たちどころに回復していく。

なるほど。

どうやらフレアが弱っていたのは、この辺りに蔓延《はびこ》っていた闇の魔力が原因だったみたいだ

な。

闇の魔力が弱まってきたので、自力で体を治せるようになったというわけか。

「なあ。フレア。教えてくれないか？　お前の身に何があったのか……」

「…………」

目の前の女性は、正確に言うと、俺が知っているフレアとは少しだけ風貌《ふうぼう》が違っていた。

俺が知っているフレアは、普通の女性であった。

だが、今、俺が見ているフレアは精霊族特有の神秘的な姿をしていた。

「ユーリが驚くのも無理はないな……。今のオレは精霊族として、生まれ変わったからよ」

どこか寂しそうな眼差《まなざ》しのまま、フレアは言った。

「この世界では適性のある人間が、死後《精霊》となって生まれ変わることがあるんだけど、オレは、この世界の九代目となる《火の精霊》に転生したんだ」

ふうむ。

どうやら大まかな事情は、以前に会ったアクアと同じらしいな。

俺の前世の仲間たちは、それぞれが、魔族にすらも劣らない強大な力を持っていた。

だからこそ、精霊族として生まれ変わることになったのだろう。

「オレたち精霊が弱ると、この世界の魔力のバランスが崩れちまうんだ。どうやら、この街の住人たちには迷惑をかけちまったみたいだな」

なるほど。

街の魔力が薄かったのは、フレアが闇の魔力によって捕らえられていたからなのか。

たった一人のピンチが、街全体に影響するとは驚きである。

精霊族の影響力は、凄《すさ》まじいものがあるんだな。

「奴らの目的はオレたち精霊を支配して、この世界を破滅に導くことにあるんだ。お前が来てくれなかったら今回はマジでやばかったかもしれねえ」

以前にアクアからも似たような話を聞かされたことがあった。

この世界には《火》《水》《風》《呪》《聖》という、それぞれの魔法属性に対応する五種類の精霊が存在しているらしい。

世界の誕生にも密接に関わったとされている、五大精霊は魔力《マナ》をコントロールするのに重大な役割を果たしているのだという。

もともと《精霊族》は、人間も、魔族も、大きく上回る力を持っていたので、世界の均衡は保たれていたのだとか。

だが、近年では《ナンバーズ》メンバーは、大きく力をつけてきており、一部の上位メンバーは、精霊族すらも凌駕《りようが》するようになったのだという。

「さて。もうすぐお前たちの仲間たちが起きる頃だな。その前に、この場所を『本来あるべき姿』に戻しておくぜ」

異変が起こったのは、フレアがパチンと指を鳴らした次の瞬間であった。

周囲に漂う空気の匂《にお》いが変わっていくのが分かった。

「おおー」

思わず、感嘆《かんたん》の声を漏《も》らしてしまう。

これが本来の《ビュッセル鉱山》の姿というわけか。

急に周りの温度が上がってきたな。

ところどころにマグマが噴き上がり、地面を熱しているのが分かる。

生命力を取り戻した鉱山は、見ている人間に活力を与えるようなエネルギッシュな景色をしていた。


「んんっ……。ワタシは一体何を……」


おっと。そうこうしているうちにマスティが目を覚ましたみたいである。

あれだけの戦闘があったにもかかわらず、早くも起き上がるとは、打たれ強さに関してもマスティはAランク級の実力を持っているようだな。


「……失礼。アイザワ・ユーリ。先程から気になっていたのだが、そこにいる婦人は誰だろうか？」

まだ体にダメージが残っているのだろう。

疲弊《ひへい》した表情を押し殺したかのような様子で、マスティは尋ねる。

「ああ。紹介が遅れたな。コイツの名前はフレア。昔の知り合いだな」

「フレア!?　フレアだって!?」

んん？　俺の思い過ごしだろうか？

フレアの名前を聞いた途端、マスティは疲れを忘れた様子で、驚いているようであった。

「間違いない。この、荘厳でいて、高貴なる佇《たたず》まい……。伝説の英雄、フレア様ではないか！」

おいおい。これは一体どういうことだろう。

どうやらマスティは、フレアのことを知っているようだ。

「聞いても良いでしょうか。武神と呼ばれた伝説の英雄と一体、どういう関係なのですか？」

ふむ。どうやら俺の知らない間に、フレアはこの世界で有名人になっていたようだな。

この辺りの事情は、アクアに出会った時にも通じるものがあるのかもしれない。
精霊族はこの世界では、信仰の対象となっているようだ。

「ん？　いや、単なる顔見知りだな」

たしかに前世での俺にとって、フレアは長年連れ添った仲間だったのかもしれないが、今の俺にとって関係のない話である。

「ふふふ。まあ、そうつれないことを言うなよ。オレに魔法を教えてくれた師匠《ししょう》は、お前なんだぜ。ユーリ」

「…………？」

そこでフレアが取った行動は、俺にとって予想外のものであった。
何を思ったのかフレアは、急に俺との距離を詰めて、肩を組んできたのである。

「バ、バカ……。伝説の武神の師匠だと……!?　アイザワ・ユーリ……。貴方《あなた》は一体、何者だというのですか!?」

やれやれ。
フレアの意味深な行動によって、何やら勘違いをさせてしまったみたいだな。
俺たちの会話を耳にしたマスティは、困惑した表情を浮かべるのであった。

アイザワ・ユーリ
固有能力　魔帝の記憶　剣聖の記憶　英雄の記憶
スキル　剣術（超級）　火魔法（超級）　水魔法（超級）　風魔法（超級）　聖魔法（超級）
呪魔法（超級）　無属性魔法（上級）　付与魔法（上級）　テイミング（超級）　アナライズ　釣り（初級）

9話　家族の絆

それからのことを話そうと思う。

火の国《ネットリア》から無事に『聖魔の鉱石』を持ち帰ることに成功した俺たちは、仲間たちに別れを告げた後、リデイアルの街を目指していた。

さて。

目的のアイテムをゲットしたまでは良かったのだが、俺たちの目標達成までは、まだ道が半ばといったところ。

鍛冶《かじ》コンテストまで、期間は僅《わず》かしか残されていないのだ。

ここから素材を加工して、コンテストに出品する武器を作る必要があるだろう。

俺たちにとって大切なのは、むしろ、ここからといってよい。

「こ、これが《聖魔の鉱石》か！　コイツは驚いたぜ。まさか本当に伝説の鉱石を手に入れちまうとはな……！」

To tell the truth, F-rank magic swordsman is the strongest!

俺たちの持ち帰った戦利品を前にしたウーゴは、目を丸くして驚いているようであった。

「さあ！　じいちゃん！　約束の品は持ち帰ったッス！　コンテストで優勝できるような剣を作るッスよ！」

「…………」

んん？　これは一体どういうことだろうか？

無事に目的のアイテムを持ち帰ったにもかかわらず、どういうわけかウーゴは、険しい表情を浮かべていた。

「いや。悪いが、オレは打たねえよ」

「んなっ！　この期に及んで何を言っているんスか！　逃げるんスか!?」

「違う。そういうことじゃねーんだ。今回はお前が打ってみろ。ティア」

んん？　これは一体どういうことだろうか？

ウーゴの口から出てきたのは、なんとも予想外な提案であった。

「えっ！　ボ、ボクっスか!?」

「ああ。オレがサポートはしてやる。何事も挑戦が大切だ」

「で、でも……。こんな重大な役割、ボクには手に負えないッスよ」


ふうむ。普段は自信家のティアが弱気になるのは珍しいな。

おそらく伝説の素材《聖魔の鉱石》を加工するプレッシャーというのは、俺の想像している以上のものがあるのだろう。


「ふっ……。お前の方こそ、逃げるのか？　だから、お前は半人前なんだ」

「なっ！　なぁぁぁ！　じいちゃん！　まだそれを言うんスか！」


ここでウーゴの言う『半人前』というのは、単に鍛冶師としての腕前のことだけを言っているわけではない。

人間の父親を持って生まれた『ハーフドワーフ』であるティアのことを、揶揄《やゆ》している意味合いもあるのだろう。

「そこまで言うならボクがやるッス！　どうなっても知らないッスよ！」

発破《はっぱ》をかけられたティアは、すっかりとヤル気になっているようであった。

流石《さすが》はウーゴだ。血縁というだけあって、ティアのヤル気を引き出す方法を熟知しているようだ。

だが、少し予定外の展開になってしまったな。

「……良かったのか？」

「ああ。今回の代物《しろもの》は、生憎《あいにく》とオレ一人でなんとかなる仕事じゃねえ。本気になったアイツの力が必要だ」

どこか遠い場所を見つめながら、ウーゴは続ける。

「悔《くや》しいが、あの子は天才なんだよ。才能だけなら、今までオレが見てきたどんな鍛冶師も相手にならねえ」

なるほど。

たしかに説得力はあるような気がするな。

ティアの発明品の数々は、既存の枠組《わくぐ》みには収まらない面白いアイデアが幾つも詰め込まれていた。

ウーゴがこれだけ褒《ほ》めるということは、鍛冶師としてのティアの才能は規格外のものなのだろう。

「じいちゃん！　この辺にある道具、借りていきますよ！」

「ああ！　コラ！　そんなに道具を乱暴に扱うな！　だからお前は半人前なんだ！」

「うるさいッス！　こうなったら最高の剣を作って、じいちゃんをギャフンと言わせてやるッスよ！」

口喧嘩《くちげんか》をしているように見えるが、二人の目には活力が宿っているのが分かる。

ふう。俺に手伝えることはもうなさそうだな。

今度という今度こそ、大丈夫そうだな。

この二人に任せておけば、最強の剣を打つことができそうだ。

後はコンテストで結果を出せることを祈って、悠然《ゆうぜん》と待っておくことにしよう。

10話

鍛冶コンテスト

To tell the truth, F-rank magic swordsman is the strongest!

それから。
俺たちが『聖魔の鉱石』をリデイアルの街に持ち帰ってから、数日の時が過ぎた。
今日はというと、待ちに待った『鍛冶コンテスト』の開催日である。
俺はというと、一足先に街の外れのコンテスト会場に足を運んでいた。
天井のない、楕円形《だえんけい》の形をした建物だ。
普段は、荒くれものたちが戦う決闘の場になっているらしい。

「さぁ！　始まりました！　四年に一度の祭典！　リデイアルの鍛冶コンテスト！　本日は一体、どのような武器を見ることができるのでしょうか！」

ピオン・ヨハネ
種族　ハーピー

性別　女
年齢　21

鳥の羽を持った女の声は、天井のない会場の中でも、よく響く。

ハーピーか。珍しい種族だな。

実況の女が合図を告げると、ギャラリーたちが沸き上がっていくのが分かった。

「エントリーナンバー【01】。武器屋『ザイン』。登録武器は鋼《はがね》の剣です！」

これはまずいぞ。

コンテストが始まったみたいだ。

未だにウーゴたちが来る気配はないようだ。

事前に時間ギリギリまで作業をしているとは聞いていたのだが、予定よりも遅れているようである。

「ほう。これは良い仕事をしてますねえ」

「ふむ。なかなかの腕前だな」

審査員のドワーフたちは、目の前にある『鋼の剣』をマジマジと審査していている。

コリー・ドルマン
種族　ドワーフ
性別　男
年齢　33

「おやおや。どうしたのですか？　焦っているようですねぇ」

俺が頭を悩ませていると、見知った人物に声をかけられる。

コリーだ。

ドワーフにしては珍しいインテリな雰囲気《ふんいき》を持ったコリーは、新しくできた『格安商店』の主であった。

「ふふふ。貴方《あなた》が今、何を考えているか当てましょうか？　ズバリ、剣の完成が間に合いそうになく焦っているのでしょう？」

なるほど。こちらの考えは、お見通しというわけか。

やはり、このコリーとかいうドワーフは相当に曲者《くせもの》のようである。

「残念でしたねえ。しかし、彼を責めないで下さいよ。この短期間でまともな剣を打てるはずがない。貴方たちの敗北は、最初から確定していたのですよ」

たしかにコリーの言うことにも一理あるのかもしれない。

元々、俺たちに残された時間は少なかった。

ウーゴの話によると、『聖魔の鉱石』の加工難易度は他の鉱石と比べて、群を抜いているらしいのだ。

仮に完成が間に合わなかったとしても、ウーゴたちの手腕を責めることはできないだろう。

「続きまして、エントリーナンバー【08】。武器屋『格安商店』。登録武器は、魔剣デュランダルです！」

おっと。そうこうしているうちに、コリーの番が回ってきた。

鳥の翼を持った司会者に呼び出されたコリーは、待合室から会場に移動していく。

「やあやあ。会場の皆様、お待たせしました。退屈な時間は、終わりですよ。真打ちの登場です！」

魔剣デュランダル　等級Ａ
（最高品質の鉱石を用いて作られた魔剣。その一撃は光すら引き裂くとされている）

仰々《ぎょうぎょう》しい台詞《せりふ》を口にしたコリーの右手には、禍々《まがまが》しい剣が握られていた。

「はぁ？　なんだよ。アリャ！」
「凄《すご》い剣だ！　見ているだけで、吸い込まれちまいそうな迫力があるぜ……！」

コリーが出した剣を目《ま》の当たりにしたギャラリーたちは、完全に圧倒されているようだ。

「おいおい。驚いたぞ」
「まさか、あの若造が、これほどの剣を用意してくるとは……」

審査員たちからも、続々と驚きの声が上がっている。

どうやらコリーの出品した魔剣は、ベテランのドワーフ審査員たちも唸《うな》らせるものだったらしい。

「ふふん。当然の結果ですね」

周囲からの高評価を受けたコリーの鼻は、天に届きそうなくらい高くなっているようであった。

「この剣はウチ専属の鍛冶師《かじし》が特別に仕上げたものなのですよ！　素材には伝説のゴーレムが落とす希少な鉱石を使用しています。細部まで拘《こだわ》り抜いた結果、完成がギリギリになってしまいましたが、なんとか間に合って良かったですよ」

嘘だな。

コリーが『魔剣デュランダル』を所持していたのは、俺が火の都に行くよりも前の話である。

おそらくギャラリーたちを盛り上げるために出鱈目《でたらめ》なことを言っているのだろう。

「どうですか！　この剣は！　ウチの店の特徴はなんといっても、『早い、安い、強い』です！　今後とも『格安商店』をご贔屓《ひいき》によろしくお願いしますよ！」

「「「うおおおおおおおおおおお！」」」

これはまずいぞ。

コリーのセールストークを真に受けたギャラリーたちは、熱狂に包まれているようであった。

「続きまして、エントリーナンバー【09】。武器屋『白ヒゲ商店』。登録武器は、ええと、現在、未定のようです！」

なんということだろう。

そうこうしているうちに俺たちの番が回ってきたようである。

「あのぉ……。白ヒゲ商店さんー。いないのでしょうかー？」

くっ……。俺は一体どうすれば良いのだろうか。

司会の女が繰り返して、俺たちのことを呼び出している。

参加したい気持ちは山々なのだが、肝心《かんじん》の出品武器がないのでは、どうすることもできないぞ。


「おい。なんだか、様子がおかしいぞ」

「ウーゴのやつ、ビビって逃げたんじゃねえか？」


いつまで経っても反応がないので、会場の空気は完全に白け切っているようであった。

どうする？

ここは俺が代理として出て、素直に棄権《きけん》を宣言するべきなのだろうか？

コリーの言う通り、あの短時間で、武器を完成させるのは最初から不可能なことだったのかもしれない。


「ククク……。どうですか。完璧《かんぺき》な敗北を味わった気分は？　愚かにも格安商店《ウチ》に逆らうから、こんなことになるのですよ。今からでもワタシの靴《くつ》を舐《な》めて、許しを請《こ》うのであれば、貴方もウチの契約店員として格安で雇ってあげても良いですよ？」

クソッ……。好き勝手なことを言ってくれるな。

だが、今の俺には、反撃の手段がまるでない。

あまり認めたくはないが、コリーの策略の方が、俺たちの努力を上回っていたということなのだろうか。

場の空気が変わったのは、俺がそんなことを考えていた時であった。

「ユーリさあああああああああああああああああああああああああああああああああん！」

この声は、ティアだ。

声のした方に視線を上げてみると、ティアはリュックからのジェット噴射で会場の上に大ジャンプしていたようだった。

「受け取ってほしいッス！」

遥《はる》か上空からティアは、鞘《さや》に入った剣を放り投げる。

ナイスだ。ティア。

結果的にコリーが長話をしてくれたおかげで助けられた。

本当にギリギリのタイミングだったが、間に合ったみたいである。

空中に放り出された鞘に入った剣をキャッチする。


「おいおい。なんだよ。ありゃ」

「随分《ずいぶん》と派手な登場だが、これで武器がダメだと目も当てられないぜ」

ギャラリーたちの注目は、俺たちの方に集まったようだな。

さて。後は、野となれ山となれだ。

観客の期待を背負った俺は、満を持して、会場の中心に向かう。

「エントリーナンバー【09】。『白ヒゲ商店』だ。審査を頼む」


鞘を抜いて、中に入っていた剣を確認してみる。

聖魔の剣　等級ＳＳ
（聖と魔の両方の属性を司《つかさど》る剣。世界最強クラスの性能を持つ）

おお……。コイツは凄いな……。

前世の記憶を遡《さかのぼ》っても、これほど上質な剣を手に入れたことはなかったような気がする。

たしかに握っているはずなのに、不思議とまったく、重さを感じない。

この剣を使えば、今まで以上に速く、そして、鋭い攻撃を繰り出すことができそうだ。


「おいおい！　なんだよ！　あの剣は!?」

「反則だろ！　一体どんな素材を使えば、あんな剣を打てるっていうんだよ!?」


驚いていたのは、俺だけではない。

会場に集まった他の人間たちも、『聖魔の剣』の持っている圧倒的な迫力を前にして、気圧されているようであった。


「ま、まさかこの剣は、聖魔の鉱石を使って作ったのか!?」

「驚いたぜ！　全ての鍛冶師たちの憧れの剣をこんなところで見られるとはよ！」


審査員のドワーフたちは、この剣の真価に早くも気付いたみたいである。

「……悔《くや》しいが、あんな剣を見せられた後じゃあな？」

「ああ。今年の優勝は、『白ヒゲ商店』で決まりだな」

会場に集まった他のコンテストの参加者からの評価も上々のようだ。

これで決まりだな。

誰も『聖魔の剣』の完成度についてケチをつけることはできない。

考えてみれば、当たり前の話だ。

等級ＳＳランクの武器は、前世の俺の記憶を遡っても、そう何度も出会ったことのない至高の一品であった。

普通の鍛冶師たちが、この剣を超える武器を作ることは不可能だろう。

その男が異議を唱えたのは、誰もが俺たちの優勝を確信していた直後のことであった。

「納得いきません！」

顔を赤くしたコリーが、大きな声で反対意見を口にする。

「こんな剣、偽物に決まっています！　会場の皆様、どうか目を覚まして下さい！　どうせ見せかけだけで、大した剣ではありませんよ！　だってそうでしょう？　彼らには、まともな剣を打つ時間がなかったのですからねえ」


どうやらコリーは俺たちの剣の性能を疑っているようである。

なるほど。

商人としては一流でも、職人としては三流のようだ。

毎日、剣を握っている人間であれば、この剣の真価について疑うはずがないのだけどな。

「なあ。素朴《そぼく》な疑問なのだが、どうして俺たちに時間がなかったことを知っているんだ？」

「ウグッ……。そ、それは……」


俺の言葉を受けたコリーは、しどろもどろになっていた。

この質問に対して、コリーはまともに答えられるはずがないのだ。

だってそうだろう？

俺たちが用意した剣を盗んで、準備時間を奪ったのは、他でもない、この男なのだからな。

「良いでしょう!!　こういうのは、論より証拠です。ワタシが、この手で貴方《あなた》たちの不正を暴いて差し上げますよ！」

開き直った態度のコリーは、驚きの行動を取ってくる。

おいおい。

職人たちの腕を競う場で、穏やかではないことをしてくるな。

何を思ったのか、コリーは手にした剣を、俺に向かって振り下ろしてきたのである。

「せやああ！」

ふむ。持っている武器こそ立派なものであるが、やはり、コリーの本職は戦闘ではないようだな。

そこにいるティアの方が、よっぽど腰の入った良い攻撃をしていたぞ。

この程度の攻撃であれば、目を瞑《つむ》っていても回避することができそうだ。

俺は手にしていた『聖魔の剣』を使って、コリーの攻撃を防いでやることにした。

バキンッ!

むう。なんだか今、鈍い音が聞こえてきたような気がするな。
疑問に思って、音のした方に視線を移す。
そこにあったのは、なんとも予想外の光景であった。
あろうことか、コリーが手にしていた剣が粉々に砕《くだ》け散ってしまったのである。
「んなっ。なああああああああああああああああ!?」
おいおい。大変なことになってしまったな。
絶叫したコリーは、この世のものとは思えない絶望の表情を浮かべていた。
「ハハハッ……。アハハハッ……」
乾いた笑い声を零《こぼ》したコリーは、両膝を折って、地面に蹲《うずくま》った。
なんということだ。
軽く攻撃を防いだだけなのに、Aランクの剣が粉々になってしまったぞ。

凄《すさ》まじいポテンシャルだ。

この『聖魔の剣』の性能は、俺が想像していた以上に『規格外』のものなのかもしれない。

「そんな……。苦労して買い付けたワタシの魔剣が……。ローンがまだ、三十年も残っているというのに……」

おいおい。最後の最後に、とんでもない種明かしがされたような気がするぞ。

だが、まあ、もう済んだことか。

今となっては、コリーがどうやって魔剣を手にしたかなんて、些細《ささい》な問題だろう。

エピローグ

街外れの名店

To tell the truth, F-rank magic swordsman is the strongest!

それからのことを話そうと思う。

当初の下馬評《げばひょう》を覆《くつがえ》し、無事にリディアルの鍛冶《かじ》コンテストで『白ヒゲ商店』は、大勝利を収めることになった。

多くの観客たちの前で、最高のアピールができたからだろう。

コンテストが終わってからというもの、『白ヒゲ商店』には、大きな変化が訪れていた。


「おい。押すなよ！　オレの方が先に並んでいたんだぞ！」

「何を言っているんだ！　こういうのは早い者勝ちだろうが！」


今となっては、『白ヒゲ商店』は、開店と同時に行列ができるほどの人気店だ。

気のせいかな。

少し前にも『格安商店』で似たような光景を見たような気がするぞ。

人々の興味というのは、俺が思っている以上に、うつろいやすいものなのかもしれない。

「ティアちゃん、可愛《かわい》いよなぁ……」

「ああ。どうにかして、お近づきになりたいなぁ……」

店が繁盛《はんじょう》するようになったのは、コンテストで優勝したからという理由だけではないようだ。

どうやら客たちは、店の中で働くようになったティアを目当てに来ているようである。

「じいちゃん！　こっちのメンテナンスは終わったッスよ！」

たしかに一生懸命に働くティアの姿は、見ていて眩《まぶ》しいものがあるからな。

おそらく、新規の客たちもティアからエネルギーを貰《もら》うために通っているのだろう。

「だあああ！　なんだぁ！　お前ら！　ウチの孫をジロジロと見るんじゃない！」

「ひいいいっ」

ウーゴに凄《すご》まれた客たちは、蜘蛛《くも》の子を散らすように逃げ去っていく。

今になって思うのだが、『白ヒゲ商店』に客が寄り付かなくなったのは、ウーゴの強面《こわもて》が原因なのかもしれないな。


「グッ……。ど、どうしてワタシがこのような目に……」


店の中で愚痴《ぐち》を零しながら、汗を流して作業をしている新顔がいた。

コリーである。

曰《いわ》く。

コリーがコンテストに出品した魔剣は、個人で借金をして購入したアイテムだったらしい。

もともとコンテストが終わった後に売却をして、利益を得る算段だったのだが、肝心《かんじん》の魔剣を破損させてしまった結果、手元には借金だけが残ってしまったのだとか。


「ここは酷《ひど》い……。劣悪な労働環境です……。ワタシのいるべき場所は、こんな所ではないはずだ……」

多額の借金を背負い、職を失ったコリーは、ウーゴの厚意によってアルバイトとして雇われることになった。

今は月々のローンを返済するために、職人見習いとして毎日奮闘中らしい。

「アホンダラァ！　つべこべ文句を垂れずに手を動かせ！」

「ひぃっ！　サボっていませんよ！　働いていますって！」

「ったく。これだから近頃の若造は。気合と根性が足らんわい」

ウーゴに怒鳴られたコリーは、すっかりと委縮《いしゅく》しているようだ。

少し気の毒ではあるが、元々は自分で蒔《ま》いた種だからな。

今回ばかりは少しくらい厳しく接した方が、コリーにとっては良い薬かもしれない。


～～～～～～～～～～～～～～


それから数日後。

今日は新しく入手した『聖魔の剣』のメンテナンスをするために、ウーゴの店を訪れることにした。

「あ！　ユーリさん！」

「おお。フィルか」

この通りでフィルに出会うのは珍しい。

元々あまり人通りの多い場所でもなかったので、もしかしたら初めてのことだったのかもしれない。

「実は私、とっても良い鍛冶屋を見つけたんですよ。今から行こうと思っていたのですが、ユーリさんも一緒にどうですか？」

奇遇だな。

ちょうど俺も今から、ウーゴの店に行こうと思っていたところだったのだ。

せっかくの機会なので、フィルに店を紹介してやるのが良いのかもしれない。

「えっへん。私が見つけた、知る人ぞ知る街外れの名店です」

得意顔のフィルが指をさす先には、見覚えのある看板が掲《かか》げられていた。

あとがき

柑橘《かんきつ》ゆすらです。

『魔法剣士』5巻、いかがでしたでしょうか。

今回のお話は、火の都に行って、最強の剣を作る、という内容になっております。

いつも通りのユーリ節が炸裂《さくれつ》する内容となっておりますので、楽しんで頂けますと幸いです。


この5巻が発売するタイミングで、私、柑橘ゆすらは、ライトノベル作家としての十周年を迎えることになります。

十年という、時間は恐ろしいです。

私は学生時代にライトノベル作家としてデビューしたこともあって、作家同士の飲み会に行くと、間違いなく最年少の『若い作家』としての扱いを受けてきました。

ですが、今は、私が最年長になる集まりも多いです。

十年も作家をやっている人間は希少ですので、キャリアという意味では、自分より長く作家をやっている人間を見つけるのが難しくなってきました。

優しくしてくれた先輩も、いけすかないアイツも、同時期にデビューした仲間たちも、みんな、気付くとフェードアウトしていきました。

次は私が肩を叩かれる番かもしれません（笑）。

いつ、その時が来ても良いように悔《く》いのないよう自分の作品を書き残さなければならないな、と思います。


おかげさまで魔法剣士の売上げは好調で、もう暫《しばら》く続けて良いという風に言われております。

私の作家寿命《じゅみょう》が尽きるのは、まだ暫く先の話になりそうです。

今後もゴキブリ並みの生命力で、サバイバルレースを走り抜けていきたいと思います。


それでは。

次巻で再び皆様と出会えることを祈りつつ――。

柑橘ゆすら

こ の 作 品 の 感 想 を お 寄 せ く だ さ い 。

あて先　〒101-8050　東京都千代田区一ツ橋2-5-10
集英社　ダッシュエックス文庫編集部　気付
柑橘ゆすら先生　青乃 下先生

ダッシュエックス文庫

史上最強の魔法剣士、Fランク冒険者に転生する5
～剣聖と魔帝、2つの前世を持った男の英雄譚～

柑橘ゆすら

2022年8月30日　第1刷発行

★定価はカバーに表示してあります

発行者　瓶子吉久
発行所　株式会社　集英社
〒101−8050　東京都千代田区一ツ橋2−5−10
03（3230）6229（編集）
03（3230）6393（販売／書店専用）03（3230）6080（読者係）
印刷所　凸版印刷株式会社

ISBN978-4-08-631483-1 C0193

異世界で無双する!!
シリーズ累計
70万部
突破!!

STORY

生まれ持った眼の色によって能力が決められる世界で、圧倒的な力を持った天才魔術師がいた。
男の名前はアベル。強力すぎる能力ゆえ、仲間たちにすらうとまれたアベルは、理想の世界を求めて、遥か未来に魂を転生させる。
しかし、未来の世界では何故かアベルの持つ至高の目が『劣等眼』と呼ばれ、バカにされるようになっていた！　ボンボン貴族に絡まれ、謂れのない差別を受けるアベル。だが、文明の発達により魔術師の能力が著しく衰えた未来の世界では、アベルの持つ『琥珀眼』は人間の理解を超える超規格外の力を秘めていた！
過去からやってきた最強の英雄は、自由気ままに未来の魔術師たちの常識をぶち壊していく！

シリーズ累計120万部突破！

原作小説1～6巻 大好評発売中！

集英社ダッシュエックス文庫

ジャンプ＋でコミカライズも連載中！

コミックス①～⑩巻 大好評発売中！

漫画でもアベルが異世界無双!!

隔週日曜日更新予定

原作／柑橘ゆすら　今すぐアクセス！

漫画／峠比呂　コンテ／猫箱ようたろ

キャラクターデザイン／ミユキルリア

2022年 YJC ダッシュエックスコミックス
8月刊 大好評発売中!!
DASH X COMIC INFORMATION
最強ですが、村づくり始めます!
元勇者は静かに暮らしたい 1
原作] こうじ
漫画] 鳴瀬ひろふみ
キャラクター原案] 鍋島テツヒロ
世界を救ったにもかかわらず国や仲間から
裏切られた勇者ノエルが、
荒れ果てた故郷の村を再興することに!
居場所のない者たちが集まり、
村でのスローライフが始まるが、
元勇者の力が放置されるわけがなく…?
ゲーム運営者のブラックスミスファンタジー!
生産職を極め過ぎたら伝説の武器が俺の嫁になりました⑤
原作/あまうい白一(ファミ通文庫/KADOKAWA刊)
漫画/神武ひろよし キャラクター原案/うなさか
善人が《超》報われる最高のサクセスライフ!
善人おっさん、生まれ変わったらSSSランク人生が確定した⑥
原作/三木なずな 漫画/ゆづましろ
キャラクター原案/伍長
完結
ついに本当の魔法使いへ…涙と感動の完結編!
努力しすぎた世界最強の武闘家は、魔法世界を余裕で生き抜く。⑧
原作/わんこそば 漫画/ながつきまさ美
キャラクター原案/ニノモトニノ
水曜日はまったり ダッシュエックスコミック
ニコニコ漫画にて大好評配信中!!
水曜日はまったりダッシュエックスコミック で検索!